D1662554

Winckler · Ein Kind aus Papier

Argon

Martin Winckler

Ein Kind aus Papier

Roman

Aus dem Französischen von
Ilse Strasmann

Argon

Titel der Originalausgabe: La vacation
Lektorat: Thomas Spring
Dieses Werk wurde mit Unterstützung des
französischen Ministeriums für Kultur und Kommunikation gedruckt

Printed in Germany
Satz: Mercator Druckerei GmbH Berlin
Druck: Graphische Werkstätten Berlin GmbH
Bindung: Heinz Stein, Berlin
ISBN 3-87024-161-6

Für MLB,
dieses Kind aus Papier
5. Dezember 1986 – 2. November 1988

Der Bauch ist kein Buch. Die Spur verblaßt.
Die Messerwörter kratzen hinein.
Claude Pujade-Renaud, *Die Bauchredner*

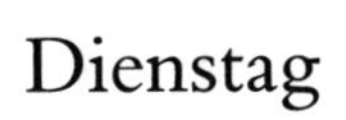

Dienstag

Du kommst zu spät.

Der Wagen rollt schnell bergab, und du mußt bremsen, um die Einfahrt zum Krankenhaus zu erwischen. Die Schranke hebt sich, als du näherkommst. Du fährst mit geringer Geschwindigkeit am Torhäuschen des Pförtners vorbei. Du hebst die Hand zum Gruß. Er antwortet mit einer Kopfbewegung.

In den Alleen fährst du langsamer. Du biegst links ein, verlangsamst abermals, um einen Fußgänger hinüberzulassen, und nach einer letzten aber kurzen Beschleunigung hält der Wagen am Trottoir an der Entbindungsstation, genau unter den Fenstern der Abteilung. Du stellst die Zündung ab. Auf der Uhr am Armaturenbrett ist es ungefähr ein Uhr zwanzig. Deine Armbanduhr zeigt 13:18.

Du steigst aus dem Wagen. Du überzeugst dich, daß alle Türen verschlossen sind. Du gehst an dem Gebäude entlang bis zum Personaleingang. Die Tür öffnet sich plötzlich vor dir und läßt drei Frauen durch, die sich angeregt unterhalten.

Du trittst ein. An der Wand des Treppenhauses klebt eine handgeschriebene Anweisung, die dir *Tür schließen* einschärft. Du gehorchst und läufst in kleinen Sprüngen die paar Stufen hinauf, die dich von der Doppeltür mit Mattglasscheiben trennen.

Die Halle ist leer. Du wirfst einen Blick auf die verblichen blonde Mittfünfzigerin, die hinter ihrer Glasscheibe vor einem smaragdgrünen Bildschirm sitzt und tippt. Du betrittst den langen weißen Gang.

Die Tür am anderen Ende des Ganges ist nur angelehnt. Auf halbem Weg hängt von der Decke die elektrische Uhr, die Viertel vor acht zeigt, vielleicht schon seit mehreren Tagen. Zwei Frauen sitzen da, eine an deinem Ende, die andere genau unter der Uhr, und beobachten dich beim Näherkommen und Weitergehen. Die, der du bereits den Rücken zuwendest, ist in einen tiefen Sessel versunken; mit beiden Händen hält sie ihren runden Bauch. Die andere sitzt sehr aufrecht, eine Tasche fest auf die geschlossenen Schenkel gestellt. Sie mustert dich besorgt, bevor sie sich wieder der Überwachung einer Tür mit der Aufschrift *Familienplanung* zuwendet.

Als du die Strecke, die die beiden Frauen trennt, beinahe hinter dir hast, beginnst du die Geräusche aus der Abteilung wahrzunehmen. In der Aufnahme wird laut gesprochen; Löffel klappern in den Tassen.

Du trittst durch die Tür, du wirfst sie mit einer einzigen Bewegung hinter dir zu, und sie schließt sich ohne Knall, fast ohne Geräusch. Zu deiner Linken ist das Büro von A. leer. Zu deiner Rechten trinken J. und die Assistentinnen Kaffee, reden über Kinder und Strickzeuge, Häuser und Autos, große Einkäufe und kleine Köstlichkeiten. Du zeigst dich auf der Schwelle der Aufnahme.

– *Guten Tag, meine Damen.*

– *Guten Tag, Monsieur.*

– *Guten Tag, Bruno.*
– *Geht's gut?*
– *Sehr gut, und Ihnen? Wollen Sie Kaffee?*
– *Nein. Danke. Später.*

Hinter dir taucht G. auf, die aus ihrem Sekretariat gekommen ist; sie hat ihre erschöpfte Miene aufgesetzt und spricht mühsam mit ihrer schleppenden Stimme.

– *Guten Tag, Bruno.*
– *Guten Tag. Wie sieht das Programm aus?*
– *Drei Frauen heute, und zwei Beratungen. Unterschreibst du mir noch Rezepte, bevor du gehst? Ich hab keine mehr.*
– *Mach ich.*

Du gehst zehn Schritte weiter. Bevor du links ins Sprechzimmer gehst, wirfst du einen Blick nach rechts.

Die Tür des Wartezimmers steht offen.

Im Türrahmen siehst du zwei Beine, schwarze Schuhe mit hohen Absätzen, modische Strumpfhosen, Lederrock eine Handbreit über den Knien.

Du schlüpfst ins Sprechzimmer. Du schließt die Tür hinter dir.

Du bist allein im Sprechzimmer.

Zwei oder drei Aktendeckel liegen auf der Ablage. Du schaust sie nicht an.

Der hohe Metallschrank ist offen; ein weißer Kittel hängt darin. Du nimmst ihn heraus, du siehst ihn dir genau an; du beschließt, ihn nicht zu benutzen. Du legst deine Jacke ab, du hängst sie auf einen der beiden Bügel. Vorsichtig, damit du keine Masche ziehst, nimmst du den Füller ab, der am Halsausschnitt deines Pullovers angeklammert ist, und steckst ihn dir zwischen die Zähne. Du ziehst den Pullover aus; du legst ihn in das obere Fach im Schrank. Du krempelst deine Hemdärmel auf, indem du sie sorgfältig zurückfaltest.

Andere, noch gefaltete Kittel, liegen in einem Stapel auf dem Boden des Schranks. Du nimmst einen davon. Du überzeugst dich, daß das Wort *Arzt* auf der Brusttasche gut lesbar ist. Du ziehst den Kittel an, du steckst den Füller so in die Tasche, daß die Klammer gleich links neben dem A klemmt. Nach dem Zuknöpfen machst du dich daran, die Ärmel des Kittels bis zu den Ellenbogen zurückzukrempeln. Du rückst den Kragen zurecht.

Du öffnest die Tür des Sprechzimmers und gehst hinaus auf den Gang. Jemand hat die Tür des Wartezimmers geschlossen.

Du gehst zum Büro von A.

Die Tür ist jetzt geschlossen. Du klopfst.

– *Ja bitte?*

Du trittst ein.

– *Ah, wie geht's, Bruno?*

– *Es geht, und Ihnen?*

– *Gut geht es. Wir haben drei Frauen heute, und mir scheint, eine von ihnen ist schon mal hiergewesen.*

Mit einem Aktendeckel in der Hand steht A. auf und geht hinaus auf den Gang. Du folgst ihr. Du betrachtest sie, wie sie sich über eine große Karteischublade beugt; ihre Finger tanzen über die Oberkanten von Hunderten kleiner Karten, die in den Fächern zusammengedrängt sind.

– *Aha! Mir war doch so.*

Sie schwenkt eine Karteikarte, die mit einem roten Sticker versehen ist.

– *Zweimal.*

– *Sie hatte es Ihnen nicht gesagt?*

– *Sie sagen es nicht immer; sie glauben vielleicht, daß man es nicht merkt. Vielleicht liegt ihnen nicht viel daran, es uns ins Gedächtnis zu rufen ... oder sich selbst zu erinnern.*

– *Vielleicht ... Jede Frau ist da anders.*

– *Das stimmt ... Wir können anfangen, wenn du willst.*

– *Ich bin soweit.*

– *Ich komme gleich nach.*

Du wendest dich ab, während sie den Karteischrank schließt.

Diesmal durchquerst du das Sprechzimmer ohne anzuhalten und betrittst das Behandlungszimmer.

Eine der beiden Assistentinnen ist mit der Vorbereitung der Instrumente beschäftigt. Du gehst zum Waschbecken, du plagst dich wieder mal mit den Wasserhähnen, um einen Strahl zu bekommen, der heiß strömt, ohne den Raum zu überschwemmen. Du hältst die Hände eine ganze Weile unter den Wasserstrahl, bevor du einige Tropfen dickflüssiger Seife in eine deiner Handflächen gibst. Gleich links von dir nimmt die Assistentin aus einer Metalltrommel ein steriles blaues Tuch, faltet es mit zwei großen Zangen vor sich auf und breitet es über die Fläche des fahrbaren Intrumententisches. Du reibst, die Seife schäumt. Sie reißt ein durchsichtiges Etui auf und läßt, ohne sie zu berühren, lange Stifte verschiedener Dicke herausgleiten, die sie auf dem Tuch in eine Reihe bringt. Du bürstest deine unregelmäßigen Nägel. Sie gießt in eine Schale eine durchsichtige Flüssigkeit, in eine andere eine dunkelrote Flüssigkeit. Du spülst deine Hände ab. Sie öffnet einen metallenen Kasten, greift mit einer langen Zange hinein, holt eine Pozzi-Kugelzange, eine Longuette, ein Spekulum heraus, legt sie auf dem blauen Tuch neben den Stiften ab und stellt die Zange wieder in ein hohes Gefäß, das mit Alkohol gefüllt ist. Du greifst nach dem sauberen Handtuch, das rechts von dir auf der Heizung liegt, du trocknest dir die Hände Finger für Finger ab, und du schließt die Wasserhähne, indem du sie durch den Stoff hindurch zudrehst. Sie bückt sich, holt unter dem Tisch zwei Zellophan-Etuis hervor, öffnet sie, läßt zweimal vier Kompressen neben die Stifte auf einen noch freien Platz des sterilen Bereichs fallen. Du nimmst ein Plastikfläschchen, du besprühst deine Hände mit Alkohol. Sie bückt sich abermals zur unteren Ablage des Instrumententisches.

– *Siebeneinhalb für Sie, ja?*

– *Mmmhh...*

Sie reißt eine längliche Hülle auf. Die Handschuhe,

noch in ein talkumgepudertes Etui gefaltet, fallen nun auf das blaue Tuch.

– *Können wir die erste Frau hereinholen?*

– *Mmmhh …*

Du hörst die Assistentin die Tür zum Wartezimmer öffnen.

– *Kommen Sie bitte, Madame! Wollen Sie mitkommen, Monsieur? Nein? Er bleibt lieber im Wartezimmer? Ja, natürlich, er kann mitkommen, wenn er will. Gut. Hier entlang. Sie gehen bitte dort links hindurch.*

Die Frau erscheint auf der Schwelle, zögert. Sie schaut dich kaum an und wirft einen hastigen Blick durch diesen Raum, den sie nicht kennt. Vielleicht widmet sie dir auch eine kurze Kopfbewegung und *Guten Tag, Herr Doktor.*

Sie tritt ein, sie hält eine Plastiktüte oder einen kleinen Korb mit ihrer Tasche vor sich. Sie kommt mit kleinen Schritten näher; sie hält vor dem hohen Untersuchungsstuhl mit den verchromten Beinen an, der im Zentrum des Raums steht.

– *Ah ja, gehen Sie bitte in die Kabine und ziehen Sie sich aus. Sie haben ein Nachthemd mit?*

Sie antwortet mit ja, indem sie auf ihre Plastiktüte, den kleinen Korb zeigt; oder sie antwortet nein, und die Assistentin geht, nachdem sie dir die Unterlagen gereicht hat, ihr eins aus dem Stapel herauszusuchen, der auf der Heizung vor dem Fenster liegt.

Sie flüchtet sich in die winzige Kabine und läßt die Frau (Mutter, Schwester oder Freundin) oder den Mann, die oder der manchmal nach ihr eingetreten ist, auf dieser Seite des Vorhangs zurück. Du bezeichnest ihr oder ihm den Stuhl, der zwischen Untersuchungsstuhl und Fenster steht. Er oder sie geht um den Untersuchungsstuhl herum. Sie setzt sich, oder er bleibt stehen, die Hände in den Taschen, und tritt von einem Fuß auf den anderen, sein Blick wandert umher. Du beginnst die Akte zu studieren, die dir die Assistentin gegeben hat.

Die Akte besteht aus mehreren Blättern, die in einer ganz bestimmten Reihenfolge angeordnet sind und von einer einfachen Büroklammer zusammengehalten werden. Als erstes das Krankenblatt, mit dem Datum und dem Namen des Arztes oben rechts; es bestätigt, daß diese Akte dich angeht, daß die Frau, deren Name ein bißchen tiefer steht, diejenige ist, die sich eben in der Kabine auszieht. Dein Blick gleitet schnell über die Zeilen. Du nimmst nur bestimmte Informationen wahr, fast immer die gleichen: das Alter, ihren Beruf und den des Ehemannes (beide mit Bleistift handschriftlich in der oberen linken Ecke zugefügt), die Adresse, die Zahl der Kinder: Hinweise vielleicht auf das, was sie ist, was sie sind.

Weiter unten auf dem Blatt ein noch unbeschriebener Bereich, in dem die Bemerkungen zu deinem Eingriff festgehalten werden sollen, ein Bereich, in dem du die sachlichen Einzelheiten einträgst, die manchmal, später, Aufschluß geben über das, was du beobachtet hast, was vorgegangen ist, wie diese Frau sich verhalten hat, auf welche Schwierigkeiten du eventuell gestoßen bist, welche Instrumente du benutzt hast, welche Ergebnisse du erzielt zu haben glaubst, welche Bemerkungen für die kommenden Wochen oder Monate zu äußern du für angebracht gehalten hast.

Gleich danach kommt der anonyme orangefarbene Statistikbogen, ein Durcheinander von Rubriken, von Spalten und Linien auf Vorder- und Rückseite, von numerierten Feldern und leer zu lassenden Bereichen. Dieses Blatt füllst du nicht aus. Meistens kümmern sich A. oder G. darum, und du bist schon mehrere Jahre bei der Abteilung, ohne dir die Mühe gemacht zu haben, es zu lesen. Auch heute wirst du den Fragebogen nur mit deinem Namen abzeichnen, um zu bescheinigen, daß die Angaben unter deiner Verantwortung gemacht wurden, daß der Eingriff unter den obengenannten Umständen durchgeführt wurde.

Das dritte Blatt ist rosa; auch dieses wirst du nachher unterschreiben. Es hat folgenden Text:

In Anwendung des Artikels L 162-3, L 162-4 und L 162-5 der Gesundheitsgesetzgebung.

Ich, der Unterzeichnete, … …, Doktor der Medizin, versichere, daß Madame …, wohnhaft …, mich zur Beratung aufgesucht hat, und daß ich sie über die in Artikel L 162-3 des Gesetzes zum Gesundheitswesen enthaltenen Bestimmungen unterrichtet habe.

Ich bestätige, daß das vom Artikel L 162-4 des Gesetzes zum Gesundheitswesen vorgesehene Gespräch stattgefunden hat und daß die Patientin die Bedingungen des Artikels L 162-5 erfüllt.

Tourmens, den …

Der Arzt: …

Das vierte Blatt ist blaßblau und trägt zweimal die Unterschrift der Frau.

Ich, die Unterzeichnete,

Frau …

wohnhaft …

1. bitte um Abbruch meiner Schwangerschaft
Datum ...
Unterschrift ...
2. bekräftige meine Bitte um Abbruch der Schwangerschaft
Datum ...
Unterschrift ...

Das letzte Dokument in der Akte ist oft der Brief eines Arztes auf Briefpapier mit Kopf. Du findest dort fast immer dieselben Worte, tausendmal wiederholt, aber nicht immer lesbar: *L.B.: 22. Februar ... In der neunten Woche schwanger ... Innerhalb der gesetzlichen Frist ... Pille vergessen ... Kein Verhütungsmittel ...* Oder: *Seit kurzem arbeitslos ...* Oder: *43 Jahre alt und außerstande ...* Und oft zum Abschluß: *Ich bitte um Ihre Mitbehandlung.*

Aber ab und zu ist kein Brief dabei, nichts als die etwas trockene Bemerkung einer Sozialberaterin, die bestätigt, daß *das dem Artikel L 162-4 des Gesetzes zum Gesundheitswesen entsprechende Gespräch mit Madame ... stattgefunden hat*, ein Laborbericht mit dem Ergebnis des Schwangerschaftstests und das Polaroidfoto einer Ultraschalluntersuchung.

Mit einem wachsamen Blick auf die Bewegungen des Vorhangs schlägst du die Blätter wieder zurück und legst die Akte hinter dich auf die Ablage.

Du wartest, mit verschränkten Armen, das Becken gegen die gekachelte Wand gelehnt und manchmal ein bißchen ungeduldig, daß die Frau sich ausgezogen hat und endlich erscheint, in einem langen Nachthemd oder einem leichten Morgenmantel.

– *Kommen Sie, Madame.*

Du lächelst sie an, du machst zwei Schritte in ihre Richtung; du lädst sie ein, näherzutreten.

Du wendest dich wieder der Akte zu und suchst den Namen der Frau, die vor dir, an dem Untersuchungsstuhl stehend, mit den Fingerspitzen die Papierunterlage berührt.

– *Kommen Sie, Madame ... ähm ... S., treten Sie näher.*

Du weist auf den metallenen Tritt zu ihren Füßen, den sie noch nicht gesehen hat, weil ihre Blicke vor all dem zu fliehen versuchen, was der Raum enthält: den anwesenden Personen, den auf dem fahrbaren Tischchen ausgelegten Instrumenten, deinem weißen Kittel, deinem Gesicht.

Du begibst dich auf die andere Seite des Untersuchungsstuhles, du forderst sie auf, hinaufzusteigen, du streckst ihr die Arme hilfreich entgegen, und sie steigt die zwei Stufen hinauf, aber die Assistentin stoppt ihren Schwung, um sie ihre Hausschuhe abstreifen zu lassen und sie zu fragen, ob sie daran gedacht hat, ihren Slip auszuziehen. Manchmal hat sie es vergessen; sie steigt wieder von ihrem Tritt herab, zieht den Schlüpfer aus, rollt ihn zusammen, dreht sich nach allen Seiten, um einen Platz zu finden, an dem sie ihn ablegen kann. Aber meistens hat sie daran gedacht, ihn auszuziehen; die Assistentin fragt, wo sie ihn gelassen hat, sucht ihn hinter dem Vorhang, in ihrer Tasche oder auf dem Stuhl, bringt ihn her, und im einen wie im anderen Fall versteckt sie ihn unter der kleinen Nackenrolle am anderen Ende des Untersuchungsstuhls mit den verchromten Beinen.

– *So, dann nehmen Sie bitte Platz.*

Sie steigt wieder die zwei Stufen des Tritts hinauf, plaziert das Gesäß auf den Rand des Untersuchungsstuhls, hebt die Beine an, schwenkt herum, um sie über die linke Beinstütze zu heben, läßt sie endlich im Leeren hängen. Manchmal erstarrt sie, wenn sie zu ihren Füßen den gähnenden schwarzen Plastiksack in dem Metallbecken sieht, und hebt den Kopf erst wieder beim Ton deiner Stimme.

– *Guten Tag, Madame, ich bin Doktor Sachs, ich werde den Eingriff bei Ihnen vornehmen. Da, legen Sie Ihre Beine so hin. Sie wissen, wie das abläuft? Man hat es Ihnen erklärt?*

Schon legt sie ihre Schenkel in die Beinstützen und streckt sich auf dem Untersuchungsstuhl aus, wobei sie den Rand ihres Nachthemds wieder herabschlägt.

Du forderst sie auf, noch *ein klein bißchen weiter* an den Rand des Untersuchungsstuhls zu rutschen, du siehst, wie sie sich verrenkt, um die Gesäßbacken näherzurücken, *so nahe an den Rand wie möglich, noch ein Stückchen. Noch ein winziges Stück. Gut so.*

Du stellst die beweglichen Beinstützen so genau wie möglich ein, damit ihre gespreizten Schenkel bequem darin liegen. Sie hält das Nachthemd auf ihrem Unterbauch fest. Du schiebst ihr die kleine Rolle ins Genick. Du versuchst abermals die Beinstützen anzupassen, aber die metallenen Gelenke sind widerspenstig, und es gelingt dir nur unvollkommen. Du gehst wieder zurück und beugst dich über ihr von ausgebreiteten Haaren umrahmtes Gesicht. Du legst deine rechte Hand auf ihren Bauch, während du mit ihr sprichst.

Du hältst es für deine Pflicht, deutlich zu artikulieren, ihr mit bedächtiger und ruhiger Stimme auseinanderzusetzen, was du tun wirst; du machst ihr klar, daß du sie über jede Maßnahme vorab in Kenntnis setzen wirst. *Einverstanden?* Sie antwortet mit ja oder sieht dich mit einem verlorenen Blick an.

Der Mann, wenn er da ist, hat sich auf den Stuhl gesetzt, zwischen Tisch und Fenster, oder er bleibt stehen, eine Hand auf dem roten Skai des Untersuchungsstuhles, ein Knie gegen ein verchromtes Bein gelehnt.

A. tritt in das Behandlungszimmer. Sie geht zu der Frau, nimmt ihre Hand, schaut dich an: *Madame S... ist ein bißchen aufgeregt,* beugt sich zu ihr, lächelt: *Das ist ganz verständlich.*

Die Frau windet sich auf dem Stuhl, stößt tiefe Seufzer aus, öffnet und schließt die Augen, fährt sich mit der Hand in die Haare. Als du sie wohlwollend ansiehst, rutscht es ihr heraus: *Tut es weh?* Du antwortest ihr, daß es natürlich weh tun kann, aber nicht immer. *Das hängt von den einzelnen Frauen ab. Sie werden sehen, es dauert nicht lange.*

Du lächelst wieder, du legst deine Hand auf ihre verkrampften Hände.

– *Fangen wir an?*

Die Frau schaut auf A.

A. nickt ihr zu.

– *Wann hatten Sie Ihre letzte Regelblutung?*

Oft zögert sie; sie sieht A. an, die fast immer die erwarteten Hinweise liefert.

– *War es so wie immer beim letzten Mal? Wie viele Tage hat sie gedauert? Sechs Tage? War es so wie gewöhnlich?* Du wendest dich zur Ablage. *Zweiundzwanzigster Februar, die wievielte ist das?*

Die Assistentin zieht eine Rechenscheibe aus Plastik oder Pappe aus dem Kittel, dreht daran, antwortet dir *zehn Wochen,* oder *achteinhalb* oder *ein gutes Dutzend.* Während sie rechnete, hast du einen Kunststoff-Fingerling aus einer Hülle auf der Ablage gezupft, du hast ihn über Zeige- und Mittelfinger der rechten Hand gestreift, du hast die derart überzogenen Finger in das mit durchsichtiger Flüssigkeit gefüllte Gefäß getaucht.

Du kehrst jetzt zu der Frau zurück, du umgehst den Zirkel, den ihre gespreizten Beine bilden, du stellst dich neben sie. Bevor du dich über sie beugst, teilst du mit, daß du sie jetzt untersuchen wirst.

Deine rechte Hand befindet sich zwischen ihren Schenkeln, du neigst den Kopf, um die großen Schamlippen besser sehen zu können, du spreizt sie mit zwei Fingern der linken Hand, du schiebst die behandschuhten feuchten Finger in die Vulva, du legst die linke Hand wieder auf ihren Bauch, nachdem du *Pardon* das untere Ende des Nachthemds angehoben hast.

Mit einer Hand tastest du. Mit der anderen bewertest du.

Endlich richtest du dich wieder auf, und je nachdem, was du festgestellt hast, murmelst du *In Ordnung*, oder *Der Uterus ist nach hinten verlagert, wußten Sie das?* oder sonst einen Kommentar zum Stand der Schwangerschaft der Frau. Es kommt vor, daß du seufzt, ohne etwas zu sagen.

Du legst den Fingerling ab, indem du ihn wie einen Socken umkrempelst; du läßt ihn in das mit einem schwarzen Plastiksack ausgekleidete Becken fallen; du gehst wieder zum Ende des Untersuchungsstuhles.

Du ziehst den fahrbaren Instrumententisch zu dir heran.

Du befindest dich jetzt im Zentrum eines funktionalen Raums, der durch die einzelnen Elemente des Behandlungszimmers definiert ist.

Unbewegliche Elemente: hinter dir die Ablage, vor dir der Untersuchungsstuhl, zu deinen Füßen das mit einem schwarzen Plastiksack ausgekleidete Becken; bewegliche Elemente: der fahrbare Instrumententisch, der Schemel, den du mit dem Fuß heranziehst, die Operationslampe, die du in der Achse deines Blickfeldes auf und ab bewegen lassen wirst.

Der Körper der Frau ist ein weiterer Fixpunkt, und du bist ein weiterer beweglicher Punkt.

Du hältst dich in einer genau umrissenen Zone auf, annähernd dreieckig, rechts und links von den gespreizten Schenkeln begrenzt und hinter dir durch das Gerät – eine Art metallischen Kubus, ungefähr 60 cm hoch, auf Rollen montiert und mit zwei großen gläsernen Auffangflaschen versehen.

Du machst dich zum Eingriff bereit.

Hinter der Maschine stehend, sieht die Assistentin, wie du dir einen kleinen Schuß Alkohol in die eine Handfläche kippst und deine Hände reibst: sie sieht, wie du die talkumpudrige Hülle von dem blauen Tuch nimmst, sie auseinanderfaltest, ihr die sterilen Handschuhe entnimmst. Du ziehst sie so an, wie man es dir beigebracht hat, indem du sie nach einem festgelegten Ritus handhabst, ohne die Außenseite je mit nackten Fingern zu berühren. Du ziehst erst den linken an, dann den rechten; du streifst die Stulpen hoch, sie schnellen mit dem Schnalzen von Gummi zurück.

Mit der Fußspitze ziehst du den Schemel genau vor das metallene Becken. Du setzt dich hin. Du bittest, daß man dir den Instrumententisch näherrollt. Du nimmst das auf der Platte liegende Spekulum, du tauchst sein Ende in die durchsichtige Flüssigkeit, du beugst dich vor zur Vulva der Frau *Ich führe jetzt den Scheidenspiegel ein*, du spreizt die Schamlippen mit den Fingerspitzen, du läßt die metallenen Rinnen *Das ist kalt* in die Öffnung gleiten, indem du sacht drehst, mit Bedacht schiebst *aber es ist nicht weiter schlimm.* Sobald das Instrument richtig placiert ist, stellst du die Rinnen auseinander: du suchst am Ende des so gebildeten Tunnels etwas, das nach Gebärmutterhals aussieht, nach einer Art kleinem, runden, rosigen Krapfen, mit einer manchmal winzigen, manchmal klaffenden Öffnung in der Mitte. Es kommt vor, daß sich der Gebärmutterhals deinem Blick entzieht, dann schließt du das Spekulum wieder, du ziehst es ein bißchen zurück, du schiebst es tiefer hinein, weiter nach hinten, du stellst die Rinnen wieder auseinander, du stöberst vorsichtig in dem elastischen Hohlraum, um endlich dieses rosige Ding zu entdecken, weiter rechts oder höher als angenommen. Nachdem du die richtige Stellung gefunden hast, fixierst du den Mechanismus, der die Rinnen auseinanderhält. Hinter dir läßt die Assistentin die Operationslampe herunter und stellt sie auf die Achse des Tunnels ein, den du soeben geöffnet hast, um dir soviel Licht wie möglich zu geben.

Du untersuchst den runden Krapfen am Ende des Spekulums.

– *Ist schon ein Abstrich vom Gebärmutterhals gemacht worden, Madame?*

Mit der rechten Hand nimmst du eine Zange, die Longuette, von dem blauen Tuch; mit der linken Hand faltest du eine sterile Kompresse *Ein Abstrich ist eine Untersuchung des Gebärmutterhalses*, bis sie zur Kugel wird, *damit sollen gutartige Anomalien aufgespürt werden, die später zu Krebs werden könnten, wenn sie nicht behandelt werden,* du klemmst sie zwischen die Backen der Zange, du tauchst sie in die durchsichtige Flüssigkeit.

– *Ich werde jetzt den Gebärmutterhals mit einer antiseptischen Flüssigkeit desinfizieren.*

A. beugt sich über die Frau und lächelt sie an.

– *Es ist nur eine kleine Waschung.*

Du nimmst die Kompresse aus der Schale heraus; du führst sie über den leeren Raum zwischen dem Instrumententisch und dem Körper der Frau und achtest darauf, daß kein Tropfen herabfällt, bevor sie am Eingang zum Tunnel ist.

– *Die Kompresse ist feucht. Das ist unangenehm, aber auch das ist nicht weiter schlimm.*

Dein Gesicht befindet sich genau auf der Höhe des Spekulums. Drinnen ist die rosige Halbkugel des Gebärmuttermundes, die Zervix, verunreinigt von dicklichen Sekreten. Du reibst ein paar Sekunden. Du ziehst die Zange zurück, du läßt die gebrauchte Kompresse los, sie fällt zwischen deinen Beinen in das mit schwarzer Plastikfolie ausgekleidete Becken. Du nimmst eine neue Kompresse, du beginnst abermals.

Es gibt ein bißchen Schaum auf der Zervix; am Scheidengrund bleibt ein bißchen Flüssigkeit zurück, die du hin und wieder mit einer trockenen Kompresse aufnimmst. Nachdem du das Verfahren fünf- oder sechsmal wiederholt hast, tauchst du eine letzte Kompresse diesmal in die Schale mit der dunkelroten Flüssigkeit. Du bestreichst die Zervix und läßt dann die gerötete Kompresse ebenfalls in den schwarzen Plastiksack fallen.

Du legst die Longuette wieder auf das blaue Tuch.

Du ergreifst jetzt die Kugelzange, eine lange Stahlzange, die in feine Haken ausläuft, und schiebst sie durch das Spekulum.

– *Ich werde Sie gleich bitten zu husten.*

Überrascht wendet sich die Frau zu A., die sich zu ihr beugt.

– *Husten Sie jetzt kräftig!*

Während du *Sehr gut* die Haken über dem Gebärmutterhals schließt, schnappt der Mechanismus der Kugelzange mit einem scharfen Klicken ein. Manchmal zuckt die Frau zusammen.

– *Ich werde jetzt die Dehnung vornehmen. Das könnte ein bißchen weh tun ...*

Die Dehnstifte sind lange Röhren aus Gummi, mit einem Wulst an der Spitze, meist orangefarben und mit einer Gradeinteilung, manche sind ganz schwarz infolge einer zu kräftigen Behandlung im Sterilisator. Sie liegen in einer sinnvollen Anordnung auf dem blauen Tuch: der dünnste rechts, der dickste links. Es sind sieben oder acht. Du nimmst einen, den du unter Berücksichtigung des Aussehens der Zervix, des Datums der letzten Regelblutung, der Ergebnisse der klinischen Untersuchung wählst. Du führst ihn in den Tunnel ein, ohne die Wände zu berühren, du bringst das wulstige Ende ins Zentrum des Krapfens. Mit der linken Hand hältst du die Kugelzange fest und ziehst die Zervix zu dir *Atmen Sie tief ein ... Kräftig atmen!*, und du schiebst den Stift durch die Öffnung. Anfangs dringt die Röhre ohne Schwierigkeiten ein, dann trifft sie auf einen Widerstand, den du gewaltsam überwindest.

Manchmal zuckt die Frau zusammen. Nicht immer. Das hängt von den einzelnen Frauen ab.

Du ziehst den Stift wieder zurück. Du hebst ihn dir vor die Augen, du hältst ihn ins Licht, um die Spur von Feuchtigkeit zu sehen, die ihn außen umgibt: du ermittelst die Tiefe der Höhlung nach der Gradeinteilung auf dem orangefarbenen Plastikmaterial.

– *Neun.*

– *Das kommt hin ...*

Du arbeitest jetzt schneller: du wählst drei oder vier Stifte mit zunehmendem Durchmesser, du schiebst sie einen nach dem anderen durch die Öffnung, um den Gebärmutterhals schrittweise zu dehnen. Die Frau auf dem Tisch zuckt bei jedem Durchzwängen zusammen. Manchmal läßt sie schwaches Stöhnen hören.

Du ziehst den letzten Dehnstift zurück. Du legst ihn auf dem blauen Tuch ab.

Du stehst auf, mit dem Fuß schiebst du den Schemel weg.

– *Das Schwierigste haben wir hinter uns.*

Du drehst dich um, du nimmst den Schlauch, der sich an dem Absauggerät befindet. Die Assistentin hält dir ein durchsichtiges Etui hin, bereit, es zu öffnen.

– *Eine Siebener?*

– *Mmmhh.*

Sie reißt den länglichen Beutel auf, streckt dir das Ende der Karman-Sonde hin. Das ist ein langer hohler Zylinder, durchsichtig, biegsam und an dem einen Ende mit zwei asymmetrischen seitlichen Löchern versehen, am anderen mit einem Anschlußstutzen.

Du setzt die Sonde auf den Schlauchansatz auf. Du versicherst dich, daß der Ring, der den Lufteintritt regelt, leicht geht. Wenn das nicht der Fall ist, bittest du die Assistentin, ein paar Tropfen von der durchsichtigen Gleitsubstanz auf den Stutzen zu geben, und bewegst den Ring zwei-, dreimal, um das Metall zu schmieren.

Du wendest dich wieder der Frau zu, und indem du an der Kugelzange ziehst *Ich führe jetzt die Absaugsonde ein,* versuchst du in den Gebärmutterhals einzudringen. Manchmal gibt es da einen Widerstand; du ziehst ein bißchen stärker an der Kugelzange, mit einer Bewegung aus dem Handgelenk drehst du die Sonde, schiebst, bist endlich durch.

– *So!*

Aus dem Augenwinkel hast du gesehen, daß sich die Assistentin vorbeugte und die Hand auf den Schalter legte. Mit einem Schnipsen schließt du den Ring der Luftregelung.

– *Stellen Sie an.*

Das Gerät beginnt zu brummen.

Das Brummen füllt das Behandlungszimmer.

Die Vibrationen des Motors begleiten deine Bewegungen. Deine Hand geht hin und her, vor und zurück, ziehend schiebend drehend. Die durchsichtige Sonde füllt sich mit einer hellen Flüssigkeit, mit Blasen, mit einer weißlichen Substanz, dann einem rosa Schleim, und ihre Wände färben sich nach und nach, bis sie schließlich fast ganz und gar rot sind.

Deine Hand geht hin und her, die Sonde ziehend drehend schiebend, damit die beiden Öffnungen da am Ende sich an alle Wandflächen der Höhlung legen. Deine Hand geht hin und her, schiebend drehend ziehend unter dem Brummen des Geräts, dem Kullern, den Sauggeräuschen, dem Pfeifen, und du versuchst auszumachen, was da zwischen deinen Fingern durchläuft, zu erkennen, was die Wände der Röhre färbt, festzustellen, was in den Schlauch gesaugt wird, zu beurteilen, ob alles so abläuft, wie du es erwartest, wie vorgesehen, wie gewöhnlich.

Du drehst du ziehst du schiebst in einer einzigen Bewegung des Handgelenks; du siehst die Frau an; du wirfst einen Blick hinter dich, deine Augen folgen dem Schlauch bis zur Auffangflasche, nehmen zur Kenntnis, womit sie sich füllt; du siehst wieder die Frau an; du überwachst den Gatten oder die Mutter oder die Freundin; du siehst auch A. an, die der Frau die Hand hält und mit ihr spricht *Es dauert nicht mehr lange* und dir zusieht, und ihr Blick sagt dir, daß alles abläuft, wie es sich gehört.

Das Absaugen dauert nicht lange. Eine Minute oder höchstens zwei vielleicht. So lange, bis du dich durch ein Bündel vertrauter Wahrnehmungen, spezielle Hinweise, auf deren Auftreten du lauerst oder nach denen du suchst, wenn sie auf sich warten lassen, überzeugt hast, daß der Uterus ganz leer ist.

Du weißt, wenn deine Hand zu leicht hin und her fährt, wenn die Sonde ein bißchen zu gut gleitet, dann deshalb, weil etwas da hinten sich nicht lösen will, nicht in die Öffnung eintreten will. Mit einem Schnipsen lockerst du dann den Ring für die Luftzufuhr. Ein Zischen zwischen deinen Fingern ersetzt das Sauggeräusch. Du ziehst die Sonde behutsam zurück, du beugst dich vor zum Tunnel, du siehst dir den Gebärmuttermund an. Manchmal entdeckst du am Ende eine fahle Materie. Du wendest dich an die Assistentin.

– *Halten Sie das bitte für mich.*

Sie nimmt dir den Schlauch ab und hält ihn vorsichtig in der Luft, ohne die Sonde zu berühren. Die linke Hand immer noch fest um die Kugelzange gelegt, beugst du dich zum Instrumententisch; du nimmst die Longuette auf, du führst sie durch das Spekulum und wirst das Ding, das da aus dem Muttermund hervorquillt, damit fassen. Die Longuette schließt sich mit einem metallischen Klicken. Du ziehst vorsichtig. Aus dem Muttermund taucht perlmuttern schimmernd eine Spindel auf, eine etwas klebrige, formlose längliche Masse, die in das Spekulum rutscht und von einem Rinnsal von Blut gefolgt ist. Du ziehst das Ding nach draußen, du öffnest die

Zange, und die Spindel fällt zwischen den gespreizten Beinen in den schwarzen Plastiksack, zwischen die gebrauchten Kompressen. Du legst die Longuette auf die blaue Unterlage zurück, du drehst dich um und nimmst der Assistentin den Schlauch wieder aus den Händen. Du beugst dich von neuem zu dem Tunnel, du führst das Ende der Sonde zum Zentrum des Krapfens, du schiebst, du drehst, du dringst durch.

– *Stellen Sie an.*

Die Assistentin setzt das Absauggerät wieder in Gang.

Die Wahrnehmung am Ende der Sonde ist nicht mehr die gleiche. Da ist jetzt der Widerstand, auf den du gewartet hast, ein unhörbares aber an der Fingerspitze durchaus spürbares Kratzen, dessen Vorhandensein durch die Bewegung des Spekulums (das jetzt ganz mit deinen Bewegungen verbunden zu sein scheint), das etwas stärker verkrampfte Gesicht der Frau (und manchmal ihre Klagelaute) und die zustimmende Kopfbewegung von A. bestätigt wird. Du drehst die Sonde noch zwei-, dreimal aus dem Handgelenk. Du schiebst den Ring der Luftregelung zurück, du ziehst dich zurück. Die Assistentin stellt das Gerät ab.

– *Nummer sechs bitte.*

Du nimmst die blutige Sonde ab, du läßt sie in den schwarzen Plastiksack fallen, du nimmst die Sonde mit dem kleinsten Durchmesser, die dir die Assistentin reicht, du setzt sie auf den Absaugschlauch auf.

– *Nur noch eine kleine, zum Kontrollieren, und wir sind fertig.*

Diesmal passierst du den Muttermund ohne Schwierigkeiten. Das Absauggerät beginnt wieder zu brummen. Du brauchst nur drei, vier Bewegungen aus dem Handgelenk, um festzustellen, daß die Sonde gut über alle Innenflächen kratzt, daß die Absaugung vollständig war, daß da nichts mehr ist.

Wenn es eine kleine Sonde ist, eine Nummer sechs oder fünf, fährst du langsamer hin und her: du mußt genauer aufpassen, um das Kratzen zu spüren.

Du lockerst die Luftregelung ein letztes Mal.

– *Fertig.*

Die Assistentin schaltet das Gerät ab. Du ziehst die Sonde zurück. Du nimmst sie ab, du wirfst sie in das mit schwarzer Plastikfolie ausgekleidete metallene Becken.

– *Es ist vorbei, Madame.*

Du reichst der Assistentin den Absaugschlauch. *Danke.* Du läßt die Kugelzange los. Du nimmst die Longuette.

– *Ich werde jetzt die Zervix wieder mit ein paar Kompressen mit antiseptischer Flüssigkeit abtupfen, genau wie vorhin.*

Du rollst eine sterile Kompresse zur Kugel, du beginnst wieder mit der Reinigung. Mit weiteren Kompressen nimmst du die Mischung von Blut und Antiseptikum auf, die den Grund der Höhlung befeuchtet. Du öffnest die Kugelzange, du befreist die Zervix vorsichtig von den stählernen Backen der Zange. Manchmal tröpfelt Blut aus winzigen Wunden. Du ziehst jetzt den Schemel zu dir, du setzt dich.

Du rollst eine trockene Kompresse zur Kugel, du setzt sie in die Longuette, du drückst sie gegen die Wunde, du hältst sie dort fest, du wartest geduldig, daß es aufhört zu bluten.

Du setzt eine neue Kompresse in die Longuette, du tränkst sie in der Schale mit der dunkelroten Flüssigkeit, du bestreichst ein letztes Mal die Zervix. Ein letzter Tropfen Blut perlt im Zentrum des rosa Krapfens. Anfangs glänzt er im Licht der Operationslampe, dann stockt er und wird trübe und bildet vor deinen Augen ein winziges Klümpchen, das den Muttermund versiegelt.

– *Es ist vorbei.*

Du entriegelst den Mechanismus des Spekulums.

Du ziehst *Nicht kneifen!* das Instrument langsam zurück. Als es außerhalb der Vulva ist, als es sich mit einem kleinen metallischen Geräusch schließt, siehst du von den noch weit offenen Schamlippen manchmal rote oder orangefarbene Flüssigkeit tropfen: Spuren vom letzten Bepinseln oder vom Biß der Kugelzange. Du drehst dich noch einmal um, du läßt das Spekulum reichlich laut auf den Instrumententisch fallen, du nimmst eine Kompresse, du trocknest die geröteten Schamlippen, du tupfst die letzten Tropfen auf.

Hinter dir hat die Assistentin den Schlauch von seinem metallischen Ansatzstück befreit und am Wasseranschluß befestigt. Sie dreht den Wasserhahn auf; der Strudel gibt dem Schlauch seine Transparenz zurück und wirbelt kurz in der Auffangflasche. Sie dreht das Wasser ab, öffnet die Auffangflasche, hebt sie an, bringt sie in eine kreisförmige Bewegung, um die Wände gut zu spülen, beugt sich über den tiefen Ausguß und gießt den Inhalt durch ein sehr feines kleines Sieb.

A. nimmt die Rolle unter dem Nacken der Frau weg. Sie bittet sie, die Füße gegen den Rand der Beinstützen zu stemmen, sich zurückzustoßen hinaufzurutschen sich lang auf dem Untersuchungsstuhl auszustrecken. Sie legt ihr die Hand auf die Schulter *Nein, nein, bleiben Sie liegen, warten Sie doch, erholen Sie sich noch!,* und sie legt der Frau eine Damenbinde an den Schamberg, hilft ihr, ihren Slip anzuziehen, zieht ihr den unteren Teil des Nachthemds über die Schenkel. Wenn die Frau blaß ist oder Schmerzen hat, faßt A. ihr Handgelenk, mißt ihren Puls mit Blick auf die Armbanduhr, spricht über Schweißausbrüche und Übelkeit.

– *Ihnen ist heiß. In ein paar Minuten ist das vorbei. Tut es noch weh? Ja, auch die Leibschmerzen werden bald verschwunden sein.*

Währenddessen hast du die Handschuhe in den schwarzen Plastiksack geworfen und schraubst, die Hand noch weiß vom Talkumpuder, die Kappe vom Füller ab. Du beugst dich über das Krankenblatt.

Du schreibst: *Uterus retrovertiert. Umfang entsprechend dem Termin. Patientin ruhig. Sonde 7, dann 6.*

Aus dem Augenwinkel wirfst du einen Blick auf das Sieb, das unten im Ausguß auf einem Stielglas liegt.

Du schreibst: *Ein halbes Sieb. Auskratzung problemlos*, unten auf die Seite.

Du unterschreibst. Du hebst eine Ecke des Blattes, um an das orangefarbene Blatt zu kommen, das du auch unterschreibst, ebenso das blaue Blatt. Hinter dir hilft A. der Frau, sich aufzurichten, sich auf dem Untersuchungsstuhl hinzusetzen *Geht es? Dreht sich nicht alles?,* sie stützt sie, hilft ihr beim Heruntersteigen. Du siehst, wie die Frau die Füße auf den Boden setzt, mit den Augen ihre Hausschuhe oder Pantoffeln sucht, auf die Tür zugeht.

Du schiebst die Akte auf eine Ecke der Ablage.

– *Sie werden in einen Raum gebracht, wo Sie sich ausruhen können. Ich komme nachher vorbei und sehe nach Ihnen.*

Manchmal antwortet die Frau *Danke, Herr Doktor.*

Sie geht am Arm von A. hinaus, der Ehemann die Freundin oder die Schwester hinterher. Die Assistentin sammelt die Kleider ein, die in der Umkleidekabine hängen, die Tasche, die Schuhe, und geht hinaus, um sie ihr in den Ruheraum zu bringen.

Du setzt die Kappe wieder auf den Füller, du steckst ihn in die Tasche des Kittels. Du ergreifst ein Plastikfläschchen. Du reinigst deine Hände mit einem Schuß Alkohol.

Die Assistentin kommt zurück, um den nächsten Eingriff vorzubereiten.

– *Die zweite Frau ist noch nicht da?*

– *Sie kommt, sie ist nur zur Toilette.*

Die Assistentin nimmt die fleckige Papierunterlage vom Untersuchungsstuhl, faltet sie und bedeckt damit den Inhalt des schwarzen Plastiksacks. Sie nimmt eine große Papierrolle, reißt ein Stück von passender Länge ab, indem sie es an einer perforierten Linie abtrennt, und legt es auf den Untersuchungsstuhl. Dann kehrt sie zum Ausguß zurück, hebt das Sieb an und wendet sich dir zu.

– *Sie haben es gesehen?*

– *Mmmhh ...*

– *Kann ich es wegkippen?*

– *Mmmhh ...*

Sie kippt das Sieb über der Abflußöffnung aus und läßt Wasser darüberlaufen. Die Teile lösen sich voneinander, verdünnen sich, verschwinden.

Du gehst auf den Gang hinaus.

G. oder J. sind gekommen und fragen, wie es gelaufen ist. Sie erkundigen sich nach einer Frau, die ein paar Wochen zuvor dagewesen ist, machen Angaben über eine andere, berichten dir über einen Problemfall, informieren dich über eine neue behördliche Entscheidung.

Manchmal durchquert einer der Gynäkologen, die auf der anderen Seite der Tür Sprechstunden abhalten, die Abteilung, grüßt euch und wechselt, wenn er dich kennt, ein paar Worte mit dir.

Nachdem sie alles von neuem vorbereitet hat, geht die Assistentin wieder und öffnet die Tür zum Wartezimmer. Die nächste Frau erscheint auf dem Gang, ihre Tasche ihren kleinen Korb in der Hand, allein oder von jemand anderem gefolgt, schaut, wohin sie sich wenden muß, sieht dich unbestimmt an, erkennt A. oder G., der sie ein paar Stunden oder ein paar Tage zuvor begegnet ist. Du läßt sie vor dir eintreten, du leitest sie mit der Stimme und einem ausgestreckten Arm, du folgst ihr ins Behandlungszimmer.

Du bekommst die Akte aus den Händen der Assistentin.

Du liest sie, während hinter dem Vorhang der Kabine die nächste Frau sich auszuziehen beginnt.

Die Eingriffe sind abgeschlossen.

Du verläßt das Sprechzimmer. Du gehst, nach den Frauen zu sehen. Du betrittst ihr Zimmer nicht immer. Du gehst manchmal nur in die Aufnahme. Auf den angestrichenen Scheiben zwischen Ruheräumen und Aufnahme ist ein schmaler Streifen durchsichtig gelassen worden, genau in Augenhöhe. Dort schaust du durch. Du versuchst von ihrem Gesicht abzulesen, ob sie noch Schmerzen haben. Du errätst es nicht immer.

Diesmal sind die Frauen getrennt untergebracht, zwei in dem einen Zimmer, die dritte im anderen. Meistens entscheidet A. über die Aufteilung.

Heute warst du es.

Heute gehst du aus der Aufnahme wieder auf den Gang, vom Gang ins erste Zimmer. Du trittst ohne anzuklopfen ein. Die beiden Frauen unterbrechen ihre Unterhaltung und wenden sich dir zu.

– *Geht es Ihnen besser, meine Damen?*

– *Ja, es zieht noch ein bißchen, aber es geht.*

– *Es geht ... Es ist nicht schlimmer als eine Entbindung.*

– *Man wird Ihnen etwas zu essen geben. Sie müssen Hunger haben.*

Sie schütteln lächelnd den Kopf.

– Ich komme nachher wieder, um nach Ihnen zu sehen.

Du schließt die Tür leise beim Hinausgehen. Deine Hand liegt noch auf der Klinke. Eine der Assistentinnen kommt vorbei und will in die Aufnahme gehen.

– Würden Sie bitte den Frauen etwas zu essen bringen?

– Natürlich. Es ist fertig ... Sie haben noch Beratungen, nicht wahr?

– Mmmhh ...

Die Assistentin geht in die Aufnahme und kommt beinahe sofort wieder; sie hält ein Tablett mit einer Scheibe Pastete, Joghurt, Obst, Brot und Butter. Du öffnest die Tür zum Ruheraum wieder. Du schließt sie hinter ihr.

Du bleibst einen Augenblick bewegungslos im Gang stehen. Die Uhr über der Tür der Abteilung zeigt zwanzig nach zwei. Du beschließt, nicht in den zweiten Ruheraum zu gehen.

Du kehrst ins Sekretariat zurück. Die Tür zum Wartezimmer ist geschlossen. G. ist dabei, einen Brief zu tippen. Sie unterbricht bei deinem Eintreten, nimmt ein ockerfarbenes Formular aus einem Fach, schiebt es zu dir hinüber.

– Kannst du mir noch einen Tag Arbeitsunfähigkeit für Madame R. bescheinigen?

Du unterschreibst.

Du beugst dich über ihre Schulter, um in den Terminkalender zu sehen, der geöffnet auf dem Schreibtisch liegt.

– Die Frauen zur Beratung sind da?

– Die zweite ja, aber die erste nicht. Die dritte hat uns benachrichtigt, daß sie nicht vor fünfzehn Uhr hier wäre. Ach, du hast vergessen, dieses Statistikblatt zu unterschreiben. Du hältst Beratungen ab, bevor du noch mal nach den Frauen siehst?

– *Mmmhh ...*
– *Ihre Unterlagen sind auf der Ablage.*

Du trittst in das Sprechzimmer. Die andere Assistentin hat, über einen Ausguß gebeugt, die behandschuhten Hände in Seifenwasser getaucht.

Im Behandlungszimmer haben sie die Tücher ausgewechselt, die Bodenabdeckung aus Plastik weggeräumt, das Absauggerät wieder in seine Ecke geschoben, die Auffangflaschen ausgewaschen, den Gummischlauch durchgespült und aufgerollt, die weißen Kacheln der Ablage abgewischt, das Sieb gereinigt. Der fahrbare Instrumententisch ist an die Wand geschoben. Auf die jetzt nackte Metallplatte haben sie den Kasten mit dem Spekulum gestellt. Der Aktendeckel mit den Unterlagen erwartet dich auf einem Stoß von Rezepten und Krankmeldungen, gleich links neben den länglichen Kästen mit Karman-Sonden. Du liest den Namen der ersten Patientin. Du gehst und öffnest die Tür zum Wartezimmer.

– *Madame T ...*

Du läßt die Patientin vor dir eintreten. Du siehst sie zögern, wohin sie sich wenden soll, oder siehst sie geradewegs auf das Behandlungszimmer losmarschieren, wobei sie unterwegs ein unhörbares guten Tag an die Assistentin richtet, die über ihren Ausguß gebeugt ist.

Sie tritt ein, und du mußt ihren Schwung manchmal bremsen, du weist auf den Stuhl, der zwischen dem Fenster und dem Untersuchungsstuhl steht. Du bittest sie, Platz zu nehmen. Nachdem sie ihren Regenmantel oder sonstigen Mantel über die Rückenlehne gehängt, ihre Handtasche gegen ein Stuhlbein gelehnt auf den Boden gesetzt hat, läßt sie sich nieder und folgt dir mit den Blicken.

Während sie um den Untersuchungsstuhl herumging, hast du auf der anderen Seite einen Bogen um ihn gemacht und ihre Unterlagen von der Ablage genommen. Du ziehst mit dem Fuß den Schemel heran und setzt dich etwa einen Meter von ihr entfernt hin.

– *Was kann ich für Sie tun, Madame?*

Meistens ist die Patientin, die dir gegenübersitzt, schon mal in der Abteilung gewesen. Sie hat kürzlich oder früher mit dem einen oder anderen der abwechselnd Dienst tuenden Ärzte zu tun gehabt, vielleicht sogar schon mit dir. Sie kommt zur Nachuntersuchung nach zehn Tagen oder drei Wochen oder mehreren Monaten.

– *Ich habe am 22. Februar einen Schwangerschaftsabbruch machen lassen, Sie erinnern sich?*

Du öffnest den Aktenordner, du erkennst deine Schrift. Du sagst ja, du erkennst sie.

Oder aber, sie kommt zum ersten Mal. Um sich eine Spirale einsetzen oder die Pille verschreiben zu lassen; oder *weil ich meine Tage nicht mehr hab, und da es im Augenblick nicht möglich ist, möchte ich gern wissen, ob es tatsächlich das ist,* oder aus sonst einem Grund, *wegen* ihres Bauches, ihrer Befürchtungen, ihrer Brüste, ihres Gatten-Lebensgefährten-Beischläfers-Partners, wegen ihres Wunsches, ihrer Angst, ihrer Weigerung, ihres Entschlusses, jetzt oder wieder oder niemals schwanger zu werden.

Sie kommt aus dem einen oder anderen dieser tausendundein Gründe, die, ohne vollkommen identisch zu sein, immer ein bißchen dem ähneln, was du bereits gehört hast, was du später wieder hören wirst.

Bisweilen kommt sie, weil man ihr zum Kommen geraten hat (Eine Freundin. Ihre Mutter. Ihre ältere Schwester.

Der Hausarzt), aber meistens, weil dies die Stelle ist, an die man sich wendet. Hier *wird das gemacht.*

Je nachdem mischt sie unter ihre Symptome die Beschreibung ihrer finanziellen, ehelichen oder verhütenden Schwierigkeiten *deshalb wollte ich wissen, ob es das ist, verstehen Sie, weil ich es nicht behalten kann.*

Oder sie faßt zusammen – und das nicht ohne Mühe –, was seit der Beratung, dem Eingriff ein paar Wochen oder Monate zuvor geschehen ist. Sie nimmt den Faden eines ganz unspektakulären Rituals wieder auf *Es ist wegen der Spirale, die ich vor sechs Monaten hab einsetzen lassen* oder den eines Problems, das sich schon mehrfach gestellt hat *Es brennt immer noch, wissen Sie, die Behandlung hat nichts gebracht.* Sie bleibt auf der Schiene dessen, was du damals zu ihr gesagt hattest oder was sie damals zu dir gesagt hat.

Du hörst zu, du fragst, du läßt präzisieren; du machst eine Kopfbewegung: Ja, das denkst du. Nein, das denkst du nicht. Schließlich zeigst du auf die Kabine.

– *Gut, ich werde Sie jetzt untersuchen; wenn Sie sich bitte dort ausziehen wollen ...*

Diesmal bist du allein mit ihr im Behandlungszimmer. Der Vorhang bewegt sich, als sie ihre Kleider ablegt. Den Rücken der Kabine zugewandt, über die Ablage gebeugt, machst du kurze Notizen auf der weißen Karteikarte, wenige Worte, in denen du das Wesentliche dessen, was gesagt wurde, zusammengefaßt hast.

– *Soll ich mich oben auch frei machen?*

– *Ja, bitte, ich muß auch Ihre Brüste untersuchen.*

Sie schiebt den Vorhang beiseite, geht bis zum Untersuchungsstuhl, zögert ebenso wie drei Wochen oder sechs Monate zuvor, als sie die Hand auf die Papierunterlage legt. Sie steigt die zwei Stufen hinauf, setzt sich, schwenkt, legt ihre Schenkel in die Beinstützen, streckt sich aus, nackt diesmal, mit gespreizten Beinen *Rücken Sie noch eine Winzigkeit näher an den Rand* rutscht sie *Gut so!* schiebt sich zurecht und faltet die Hände auf dem Bauch oder läßt sie lang neben ihrem Körper liegen oder bedeckt schamhaft ihre Brüste, wobei sie deinem Blick ausweicht.

Du beginnst immer damit, daß du ihren Blutdruck mißt.

– *120:80 ...*

– *Ist das gut?*

– *Es ist hervorragend.*

Sie fröstelt, wenn du ihr die Membran des Stethoskops auf die Brust setzt. Du suchst ihre Hand. Instinktiv zieht sie sie zurück. Du erwischst sie, du faßt das Handgelenk zwischen Daumen und Zeigefinger, du mißt ihren Puls, während du ihr Herz schlagen hörst.

– *Tief atmen ... Husten Sie!*

Danach untersuchst du mit flachen Händen ihre Brüste, systematisch, die ganze Oberfläche. Zum Schluß preßt du vorsichtig die Brustwarzen.

– *Tun Ihnen manchmal die Brüste weh zur Zeit Ihrer Regelblutung?*

Du legst die Hände auf ihren Bauch. Während du den Leib abtastest, erkundigst du dich nach etwa in der letzten Zeit aufgetretenen Schmerzen, nach Beschwerden beim Wasserlassen, nach Verstopfung, Ausfluß, Brennen. Du fragst, ob es *da* weh tut.

– *Auch beim Verkehr tut Ihnen nichts weh?*

Du wendest dich zum Instrumententisch um. Du öffnest den Metallkasten.

– *Ich führe jetzt den Scheidenspiegel ein, um den Muttermund zu untersuchen.*

Mit den Fingerspitzen der linken Hand spreizt du die großen Schamlippen *Das ist kalt,* du schiebst das vernickelte Vorderende zwischen Wände von rosigem Fleisch *aber es ist nicht weiter schlimm.*

Du schraubst den Mechanismus des Spekulums fest. Du ziehst die Operationslampe herunter, du knipst sie an. Du untersuchst die Zervix.

– *Wir hatten gesagt, wir würden diesmal einen Abstrich machen, glaube ich?*

Du ziehst den Schemel heran. Du setzt dich. Mit einem langen Wattestäbchen und einem hölzernen Spatel reibst du sanft über die Öffnung des rosigen Krapfens; du überträgst die gesammelte Feuchtigkeit, die unsichtbaren Bestandteile, auf zwei Glasplättchen; du fixierst sie mit dem Zerstäuber. Du ziehst das Spekulum wieder heraus und legst es reichlich laut auf der Platte des Instrumententisches ab. Du stehst auf, du schiebst den Schemel weg.

Du streifst einen Fingerling über.

– *Ich werde jetzt Gebärmutter und Eierstöcke untersuchen.*

Du verläßt das Schenkeldreieck. Du trittst neben die Patientin. Du beugst dich über sie. Mit Zeige- und Mittelfinger der linken Hand spreizt du die großen Schamlippen. Du schiebst die behandschuhten Finger der rechten Hand in die Vagina. Du legst die linke Hand wieder flach auf ihren Bauch.

Du tastest mit den Fingerspitzen, du erforschst ihre Tiefen, du versicherst dich, daß die beiden *Mandeln* rechts und links kaum wahrnehmbar sind, du versuchst zu beurteilen, ob die *kleine Birne* leer ist, ihre normale Größe hat, oder ob sie geschwollen, verändert, gerundet ist; ob zwischen der auf den warmen Bauch gelegten Hand und der in den feuchten Tunnel geschobenen Hand nicht eine etwas umfangreichere Masse erscheint, eine *Orange* oder *Pampelmuse,* wie es in den Büchern geschrieben steht, wie man es von Lehrstuhlinhabern in Vorlesungen vom Katheder hört, wie es die Studenten bei der Visite hersagen, am Fußende des Bettes errötender oder blasser Frauen, die, lang zwischen ihren weißen Bettüchern ausgestreckt, den Urteilsspruch erwarten.

Nach Beendigung der Beratung begleitest du die Patientin ins Sekretariat.

Du legst die Akte und die Verordnung vor G. hin, du verweist auf die Möglichkeit eines weiteren Termins oder einer zu wiederholenden Untersuchung in ein paar Tagen.

– *Wenn Sie nichts von uns hören, sind Blutuntersuchung und Abstrich normal. Im gegenteiligen Fall schicken wir Ihnen ein Briefchen. Auf Wiedersehen, Madame.*

– *Vielen Dank, Herr Doktor. Auf Wiedersehen.*

– *Ich sehe jetzt nach den Frauen.*

– *Ist gut. Sag mir dann, ob es noch Post zu erledigen gibt.*

Du kehrst ins Behandlungszimmer zurück. Du nimmst die Unterlagen der Frauen und ein paar leere Rezeptformulare von der Ablage.

Mit den Akten unter dem Arm trittst du ohne zu klopfen in das erste Zimmer. Bei deinem Eintreten heben die Frauen ihr Gesicht, das bis dahin unter Bettzeug vergraben war, dir entgegen; oder sie stellen, wenn sie in die Kissen gelehnt aufrecht gesessen haben, ihren Joghurt weg oder unterbrechen das Gespräch mit dem Mann oder der Frau, die bei ihnen sitzen.

– *Meine Damen, meine Herren ...*

Als sie sehen, wie du dich nach einer Sitzgelegenheit umsiehst, machen die Frauen eine Bewegung, um den Stuhl, der an ihrem Bett steht, zu räumen; der Ehemann die Freundin stehen auf, um dir ihren Platz anzubieten.

Du stoppst sie mit einer Handbewegung.

– *Bleiben Sie sitzen. Ich bin gleich zurück.*

Du legst die Akten auf eins der Betten, du gehst zurück, um im Büro einen Schemel zu besorgen. Du kehrst mit ihm in das Zimmer zurück. Du setzt dich. Wenn einer der Rolltische frei ist, ziehst du ihn zum Schreiben heran. Wenn nicht, schlägst du die Beine übereinander und legst die Papiere darauf.

– *Geht es denn jetzt? Sie haben keine Schmerzen mehr?*

Sie antworten nein oder schütteln den Kopf oder legen eine Hand auf den Bauch.

– *Ein bißchen, aber es geht.*

Du ordnest die Unterlagen; die von der in dem anderen Raum liegenden Frau legst du zuunterst. Du hebst den Kopf, du widmest den beiden Frauen und ihrer Begleitung ein freundliches Lächeln.

Du beginnst mit ihnen zu sprechen.

Was du sagst, so erklärst du, betrifft sie beide gleichermaßen, von wenigen Details abgesehen.

Du legst die Folgen des Eingriffs genau dar. Du erläuterst die Verordnung für einen Monat, eine *ziemlich starke Pille, aber sie bewirkt, daß der Uterus nach der Absaugung verheilt;* die Kontrolluntersuchung in drei Wochen, *die Ihr behandelnder Arzt selbstverständlich ebenso durchführen kann, aber Sie können auch wieder hierher kommen, wenn Sie das vorziehen;* den Test für diejenige, deren Schwangerschaft *noch ganz am Anfang stand. Nur ein paar Tage Verspätung. Keine*

Angst, es ist äußerst selten, daß die Schwangerschaft trotz der Absaugung fortbesteht, aber was wir da herausholen, ist mikroskopisch klein, und wir können nicht feststellen, ob das Ei tatsächlich dabei ist. Deshalb hat man diesen Schwangerschaftstest nach drei Wochen grundsätzlich vorgeschrieben; die Krämpfe, die manchmal nach vier oder fünf Tagen auftreten, *aber Sie dürfen selbstverständlich gern etwas gegen die Schmerzen einnehmen;* die möglichen Blutungen; das eventuelle Ausbleiben der Regel nach den drei Wochen Pille, *aber wenn Sie keine der Tabletten vergessen haben, brauchen Sie sich keine Gedanken zu machen;* die Möglichkeit für sie, sich an die Abteilung zu wenden, wenn sie irgend etwas wissen wollen.

Du erkundigst dich in einem von einer Behandlung zur anderen, von einer Frau zur anderen wechselnden Ton, aus welchem Grund sie in den letzten Monaten keine Verhütungsmittel benutzt haben. Es kommt allerdings auch vor, daß du gar keine Zeit hast, diese Frage zu stellen. Sie sagen dir von sich aus, daß sie erst vor dreieinhalb Monaten entbunden haben und *ich dachte, da ich doch stille;* oder daß sie in Behandlung waren *wegen meiner Nerven, und die Medikamente und die Pille, verstehen Sie;* oder daß sie seit dem letzten, *der inzwischen zwölf ist, immer aufgepaßt haben, aber diesmal ist es schiefgegangen;* oder daß sie seit achtzehn Monaten *allein leben, getrennt, und da ich beinahe gar keinen Verkehr hatte, dachte ich wirklich nicht;* oder sonst irgend etwas.

Ab und zu sagt eine von ihnen, sie hätte mit der Pille aufgehört oder sich die Spirale herausnehmen lassen, weil sie noch ein Kind wollte.

Und sie gibt andere gute Gründe an.

Du läßt die Worte vibrieren, die Gewissensbisse sich

zeigen, die Schluchzer aufbrechen, die schmutzige Wäsche in Ergüssen gewaschen werden.

Du gehst immer auf das ein, was sich im Gesicht der Frau zeigt.

– *Es ist ganz natürlich, daß Sie traurig sind …*

Oder:

– *Weinen Sie, das steht Ihnen zu!*

Oder auch:

– *Sie sind aufgewühlt, das ist nur zu verständlich.*

Wenn der Augenblick gekommen und die Spannung abgebaut ist, präzisierst du in neutralem Ton, daß es nicht an dir ist, über die Berechtigung ihrer Entscheidung zu befinden, daß das Gesetz es ihnen gestattet, eine immer auch schmerzliche Wahl zu treffen, daß du überzeugt bist, daß sie nicht leichten Herzens hergekommen sind.

Nach einer kurzen Stille deutest du in wohlwollendem Ton an, daß es *nichtsdestoweniger wünschenswert wäre, in Zukunft …*

Sie stimmen dir unbedingt zu.

Du fragst, ob sie vielleicht zufällig schon darüber nachgedacht haben, welche Methode sie in Zukunft anwenden möchten. Du beruhigst sie sofort, daß sie mit dem, was du ihnen verschreiben wirst, sich während der kommenden drei Wochen keine Sorgen zu machen brauchen und noch Zeit haben, darüber nachzudenken. Aber da ihr nun mal hier zusammen seid, wäre es doch vielleicht sinnvoll, davon zu sprechen, und wenn sie dir irgendwelche Fragen stellen möchten …

Du wartest geduldig, manchmal mehrere Minuten, auf eventuelle Fragen.

Wenn die Stille zu lastend wird, fragst du, um Entkrampfung bemüht, die eine, ob sie schon mal die Pille genommen hat, die andere, ob man sie schon über die Spirale informiert hat.

Nicht selten spitzt eine der Frauen die Lippen und zieht die Luft ein zum Zeichen, daß es da etwas zu fragen gibt:

– *Ja? Sie wollten etwas sagen?*

Du hörst zu, wie sie ihre Frage stellt.

Du läßt sie ihre Befürchtung gegenüber der Pille äußern, *die mir aufs Gemüt schlägt, und ich hab sie lange genommen,* wie auch ihr Mißtrauen gegenüber der Spirale, die *sich bewegt, wenn man abnimmt, und bei meiner einen Freundin war das kein Erfolg.*

Du lächelst väterlich.

Du nimmst wieder auf, du korrigierst, präzisierst, erklärst, lieferst Anhaltspunkte, gibst Mittel an die Hand, um das Pro einer Spirale *immer da, selbst wenn man nur gelegentlich Verkehr hat* und das Kontra der Pille, *die man immer mal vergessen kann, der Beweis ...* abzuwägen. Du warnst vor dem Interruptus, der *für keinen der Beteiligten angenehm und sowieso keine Verhütungsmethode ist,* während Präservative *gelegentlich hilfreich sein* können.

Du geizt nicht mit aufgeklärten Ratschlägen.

Du insistierst mehrfach im Laufe der Unterhaltung auf der Tatsache, daß (Finger in ihre Richtung) sie eine Entscheidung zu treffen haben, nicht (Hand aufs Herz) der Arzt. Du bemühst dich, ihnen die Grundelemente der Entscheidung nahezubringen. Du weist darauf hin, daß es dir – wie allen Anwesenden, nicht wahr – lieber wäre, wenn sie nicht unter solchen Umständen wiederkämen.

Du nickst *Mmmhh,* wenn du sie sagen hörst, sie seien ganz deiner Meinung.

Wenn eine von ihnen danach fragt, oder wenn der Inhalt ihrer Unterlagen dich dazu anregt, bringst du das delikate Problem einer Tubenligatur zur Sprache, *denn schließlich ist es legitim, davon zu sprechen, aber selbstverständlich geht es nicht um eine dringende Entscheidung, Ihr Gatte muß dazu gehört werden; im übrigen bieten wir auch die Durchführung einer Vasektomie an, also die Durchtrennung der Samenstränge, jener kleinen Kanäle, die die Spermien von den Hoden bis ins Glied bringen. Deshalb ziehen wir es immer vor, mit beiden Partnern zu sprechen. Der Unterschied zwischen den zwei Eingriffen besteht nicht in der Effektivität. Die identisch ist. Es ist vielmehr so, daß eine Tubenligatur unter Vollnarkose stattfindet, und daß man Sie bis zu einer Woche im Krankenhaus behält, während eine Vasektomie bei örtlicher Betäubung stattfindet, sie dauert zwanzig, fünfundzwanzig Minuten, und der Mann bleibt nur zwei oder drei Stunden im Krankenhaus. So wie Sie heute.*

Du wartest nicht, daß der anwesende Monsieur dir die Frage stellt, du fügst lächelnd hinzu, daß der Eingriff, wenn er reiflich überlegt und freiwillig akzeptiert worden ist, keine psychologischen oder sexuellen Probleme im Gefolge hat. Selbstverständlich. Sonst würde man ihn nicht durchführen. Darüber braucht man keine Worte zu verlieren, nicht wahr, aber es ist doch noch besser, wenn man einmal darüber spricht ...

Es kommt oft vor, daß die eine oder andere der anwesenden Personen laut bedauert, daß man ihr das alles nicht früher gesagt hat.

Dann läßt du dich darauf ein, ein bißchen ernsthafter

über die Haltung eines Arztes zu sprechen, der sie nicht untersucht hat, *wo ich ihm doch gesagt habe, daß ich schwanger sein müßte, aber er hat mir das nicht glauben wollen,* oder der ihnen die Spirale verboten hat, *weil er dagegen war,* oder der jedesmal den Zervixabstrich ausläßt.

– *Das ist nicht gerade seriös.*

Du bist es dafür um so mehr.

Du bemühst dich mit verschwenderischem Aufwand, die Stichhaltigkeit deiner Ratschläge, die Menschenfreundlichkeit deiner Bemerkungen zu beweisen, die Sympathie, die du den Frauen entgegenbringst, und die Vorbeugung, die du betreiben möchtest gegen alle die konzeptionellen Gefahren und alle die medizinischen Inkompetenzen, mit denen ihr Weg gepflastert ist. Man muß anerkennen, daß du viel mit ihnen sprichst, und daß sie es nicht gewohnt sind, daß ein Arzt soviel mit ihnen über sie spricht.

Sie geben dir das übrigens zu verstehen, ohne sich lange bitten zu lassen.

Man muß außerdem zugeben, daß du gut sprichst.

Du redest, redest, redest, wie ein Vater mit seinen kleinen Töchtern. Du riskierst dabei nichts. Die Situation erlaubt ihnen nicht, dir gegenüber eine gelassenere Haltung einzunehmen. Ab und zu bewahrt eine von ihnen dennoch ein mißtrauisches Schweigen. Du beschließt, ihr demonstrativ die Freiheit zu lassen, nichts zu sagen, du betonst, daß du ihnen nicht zu nahe treten möchtest, was du sagst, ist in ihrem eigenen Interesse.

– *Nicht wahr, meine Damen?*

Sie nicken; sie zweifeln nicht daran. Sie haben solche Angst gehabt, übel empfangen zu werden, und man hat sie so gut aufgenommen. Das ganze Team ist so freundlich.

Du hebst bescheiden die Hand. Alle, die in dieser Abteilung arbeiten, Ärzte, Schwestern, Assistentinnen, haben ihre Aufgabe freiwillig übernommen. Jede andere Einstellung bei ihnen wäre undenkbar. Das ist ihre Arbeit.

Du schließt, indem du sie fragst, ob sie noch weitere Fragen haben. *Nein? Und Sie, Madame? Und Sie, Monsieur?* An die, den neben ihnen Sitzenden. Du bleibst einen Augenblick still, während sie einander ansehen, dich ansehen, mit einem verwirrten Lächeln den Kopf schütteln.

Du schreibst die Verordnungen aus, du stehst auf, um sie ihnen zu geben, du erklärst den Inhalt mit zwei kurzen Sätzen. Du nimmst die Unterlagen auf. Du schaust auf die Uhr. Du setzt ein letztes Lächeln auf.

– *Es ist jetzt Viertel nach drei. Gegen vier Uhr können Sie, wenn alles in Ordnung ist, nach Hause gehen. Guten Abend, meine Damen, guten Abend, Monsieur.*

Du verläßt den Raum unter ihrem sanften Dankesgemurmel.

Du klopfst, bevor du das zweite Zimmer betrittst.

Die Tür des Wartezimmers steht offen.

A. sitzt auf einer der Bänke, den Arm um die Schultern einer Frau gelegt, die jünger ist als sie, die ihre geröteten Augen zu dir aufhebt, bevor sie wieder zu schluchzen beginnt, die Nase in einem durchnäßten Taschentuch.

Du gehst ins Sekretariat. Du legst die Unterlagen und die Durchschriften der Verordnungen vor G. hin.

Sie läßt dich die für die behandelnden Ärzte bestimmte Post unterschreiben.

– *Alles klar mit den Frauen? Werden sie gehen können?*

– *Mmmhh ...*

Im Sprechzimmer liegen die Instrumente in Seifenwasser; die Assistentinnen haben das Fenster geöffnet. Im Behandlungszimmer stehen der Schemel, der Tritt und das Becken (mit einem funkelnagelneuen schwarzen Plastiksack ausgekleidet) auf dem Untersuchungsstuhl, von dem das Tuch abgezogen ist; das soeben frisch gewischte Parkett glänzt.

Du knöpfst den Kittel auf. Du befühlst alle Taschen auf der Suche nach irgendwelchen vergessenen Papieren, du findest den blinkenden Füller in der Brusttasche, du klemmst ihn einen Augenblick zwischen die Zähne.

Du öffnest den Metallschrank. Du ziehst den Kittel aus, du hängst ihn über die Kante der Tür, um zu zeigen, daß er in die Wäscherei geschickt werden soll. Du ziehst deinen gelben Pullover an, und nachdem du den Hemdkragen gerichtet hast, klemmst du den Füller so an, daß die Klammer Pullover und Hemd zugleich erfaßt.

Du legst dir den Schal um. Du ziehst die Jacke an. Du schließt den Reißverschluß bis zur Klammer des Füllers.

Du hebst die Aktentasche vom Boden des Schranks auf, du verläßt das Sprechzimmer, du gehst auf dem Gang nach rechts und wirfst A. und G. ein auf Wiedersehen zu.

– *Auf Wiedersehen, Bruno, bis Dienstag!* antwortet G. aus ihrem Sekretariat.

A., die noch immer neben der in Tränen aufgelösten Frau sitzt, lächelt dir zu und ahmt mit der rechten auf der linken Hand den Vorgang des Schreibens nach. Du nickst, du grüßt sie mit einer Geste.

Du gehst an den Räumen vorbei, wo die Frauen ihre Sachen packen, an der Tür der Aufnahme, wo die Assistentinnen das Geschirr spülen.

– *Auf Wiedersehen meine Damen, bis nächsten Dienstag.*

– *Auf Wiedersehen, Monsieur!*

Du betrittst A.s Büro, du unterschreibst die Apothekenformulare, die sie deutlich sichtbar für dich hingelegt hat.

Du gehst durch die Tür der Abteilung. Du ziehst sie mit einer kurzen Handbewegung hinter dir zu, und sie schließt sich, ohne zu knallen.

Auf dem Gang befindet sich ein Ehepaar, er stehend, ein bißchen nervös, sie sitzend und die Tasche auf ihren Knien krampfhaft umklammernd, beide den Blick auf die Tür von J.s Büro geheftet.

Du nickst zum Gruß, als du an ihnen vorbeigehst.

Auf halber Höhe des Ganges zeigt die elektrische Uhr vier Uhr zehn. An der Wand kniet neben einer zusammengeklappten Trittleiter ein Arbeiter und ordnet Werkzeug in einen Kasten mit Fächern.

Am anderen Ende erhebt sich eine über ihrem runden und strammen Bauch zusammengesunkene Silhouette mühsam aus einem tiefen Sessel, als sie eine blau gekleidete Frau auf sich zukommen sieht.

Du gehst ohne Hast. Du hast genug Zeit. Du stößt die verglaste Doppeltür auf, du steigst die Stufen hinunter, du trittst durch den Lieferantenausgang und vergißt nicht, die Tür hinter dir zu schließen.

Draußen ist es sonnig und kalt.

Ein leichter Wind weht durch die Alleen der Krankenhausanlage. Du ziehst den Reißverschluß deiner Jacke bis nach oben.

Du gehst an dem Gebäude entlang bis zum Wagen. In dem Augenblick, als du die Tür öffnest, schließt eine der Assistentinnen das Fenster der Aufnahme wieder und lächelt dir zu, bevor sie die Jalousie herabläßt. Du lächelst zurück.

Du läßt dich auf den Sitz fallen. Die Uhr am Armaturenbrett zeigt etwa vier Uhr fünfzehn. Du startest.

Während du deine Handgriffe durchführst, bemerkst du, daß eine der Bewohnerinnen im Pavillon nebenan dich durch ihr Fenster beobachtet. Sie hat zerzaustes weißes Haar. Sie hat die Hand auf die Scheibe gelegt, als wollte sie das Licht abhalten.

Du fährst langsam zum Ausgang.

Die Schranke ist oben. Du fährst durch. Du rollst langsam zur Straße vor. Du bist unschlüssig, ob du zur Umgehungsstraße hinauf oder hinab zum Zentrum von Tourmens willst. Schließlich entscheidest du dich für die Stadt und ihre belebten Straßen.

Du fährst langsam; du beachtest gewissenhaft jede Vorfahrt, jedes Verkehrsschild, jede Ampel; du verlangsamst, sobald sich ein Fußgänger der Straße nähert; du stellst den Blinker lange im voraus an; du trittst mehrmals kurz auf das Bremspedal, um den Fahrzeugen hinter dir zu zeigen, wenn du verlangsamst.

Du fährst die Rue Félix-Faure in Richtung Zentrum von Tourmens. Auf halbem Weg dieser Hauptverkehrsstraße suchst du nach einem freien Platz am Straßenrand. Du entdeckst einen genau gegenüber der Bäckerei. Du parkst. Du steigst aus dem Wagen. Du wirfst einen Blick in den Laden, und da er leer zu sein scheint, schließt du die Tür nicht ab.

Du überquerst die Straße. Ein Stück weiter befindet sich auf dem Gehweg gegenüber eine Frau mittleren Alters mit gefärbten Haaren. Sie hat sich über einen Dackel gebeugt und ist damit beschäftigt, die Leine des Tieres an einem Metallpfosten zu befestigen.

Du gehst die zwei Stufen der Bäckerei hinauf. Die Tür macht ein Geräusch, das sich zusammensetzt aus dem Vibrieren von Glas, dem Knarzen von Holz und einem weit entfernten Klingeln.

Hinter dem Ladentisch schwingt eine verspiegelte Glastür auf, und eine etwas rundliche, etwas traurige Frau erscheint, die dich anschaut, ohne etwas zu sagen.

– *Ich hätte gern ein Baguette und zwei Pains, nicht zu dunkel.*

– *Bitte. Zehn siebzig …*

Hinter dir vibriert, knarzt und klingelt die Tür.

– *Genau, danke, auf Wiedersehen, Monsieur.*

Du nimmst das Brot an dich. Als sie dich so beladen sieht, öffnet die Frau mit den gefärbten Haaren, die den Griff noch nicht losgelassen hat, die Tür noch einmal für dich.

– *Vielen Dank, Madame!*

– *Guten Tag, Madame Larmande! Wie, haben Sie Ihr Hündchen heute nicht mit?*

– *Doch, es wartet draußen auf mich ...*

Du überquerst die Straße. Auf dem Gehweg stößt der Dackel schmerzliche Klagelaute aus. Das Brot gegen die Brust gedrückt, öffnest du die Vordertür deines Wagens, du streckst eine Hand ins Innere, um die hintere Tür zu entriegeln; du legst deine Last in einer Wolke von Mehl auf dem Rücksitz ab.

Du setzt dich hinter das Lenkrad. Deine Jacke, dein Schal sind von weißem Staub überzogen. Du wischst sie flüchtig ab. Du fährst wieder los, mit einer Hand, mit der anderen legst du den Gurt an.

Du fährst weiter auf der Avenue Félix-Faure.

Ein Stück weiter unten blinkt eine Ampel und springt auf Rot. Nachdem du ein bißchen Gas gegeben hast, läßt du den Wagen im Leerlauf vorwärtsrollen. Während er sich der Kreuzung nähert, schiebst du den Arm zwischen den Sitzen nach hinten; du tastest über den Rücksitz und holst dir das kleine Baguette aus gelbem, schwerem Teig. Du zerbrichst es, du legst die eine Hälfte auf den Beifahrersitz, du beißt mit einem Seufzer in die andere.

An der Kreuzung stellst du zwischen zweimal Krümel

wegschnipsen das Radio an. Ein Pärchen spricht von Liebe oder beschimpft sich. Oder beides. Literatur.

Die Ampel fängt wieder an zu blinken.

Du fährst langsam weiter. Du wirst sicher am Shogun halten, um unter den neu eingetroffenen Büchern zu stöbern. Und dir vielleicht eine heiße Schokolade bei Cosne leisten.

Du steuerst mit einer Hand. Mit der anderen stopfst du dir den Mund voll.

Donnerstag

Du bist um sechs Uhr aufgestanden.

Du hast den großen kühlen Raum bis zur Küche durchquert; du hast die am Abend vorbereitete elektrische Kaffeemaschine in Gang gesetzt. Dann hast du dich gewaschen und angezogen.

Mit dem dampfenden Kaffee in der Hand und einem Blick auf die Uhr hast du gesessen und mit Mandelkonfitüre oder leicht gesalzenem Frischkäse bestrichene dünne Galettes gefrühstückt. Du hast die Zeitung vom Vortag gelesen, du hast dir ein paar Notizen auf einem Zettel gemacht, du hast zerstreut die Wiederholung einer älteren Sendung über Frequenzmodulation gehört.

Um 6.45 Uhr hast du den letzten Schluck Kaffee getrunken; du hast den Teller und das Kaffeeglas in den Ausguß gestellt, du hast Wasser drüberlaufen lassen. Du hast die verderblichen Nahrungsmittel in den Kühlschrank geräumt, die Galettes in den Schrank, du hast deine Serviette gefaltet und den Tisch mit dem Schwamm abgewischt. Du bist in das kleine Büro hinaufgestiegen, du hast dich überzeugt, daß deine Aktentasche alles enthält, was du brauchst, und du hast sie geschlossen. Du hast einen Blick durch das Zimmer geworfen, hast die Tür geschlossen und bist wieder hinuntergegangen.

Du hast deinen Schal umgelegt, deine Jacke angezogen. Du hast die ledernen Taschen durchsucht, eine nach der anderen, mehrmals hintereinander, ohne deine Schlüssel zu finden. Du bist durch das Haus gelaufen, du hast mit wachsender Nervosität Zeitungen und Kissen angehoben, bis du endlich das Schlüsselbund im Schloß der Wohnungstür entdecktest.

Du bist ein letztes Mal ins Schlafzimmer zurückgegangen. Die Luft dort war schwer von der schwindenden Nacht. Du hast das Fenster geöffnet. Du hast die Bettdecke über die entblößten Schultern gezogen, das schlafende Gesicht geküßt. Du hast *Bis heute abend* gemurmelt. Du hast die Tür geräuschlos geschlossen.

Als du den Fensterladen der Glastür aufgestoßen hast, ist dir ein Schatten zwischen die Füße geschlüpft.

– *Mmaawrrr ...!*

– *Tag, du!*

Du hast deine Aktentasche abgesetzt und die Katze bis zu ihrer Schüssel getragen. Du hast ihr kurz den Nacken gekrault, ehe du dich wieder abwandtest.

Es war noch dunkel. Als du losgefahren bist, zeigte die Uhr am Armaturenbrett etwa sieben Uhr fünf.

Es regnete. Du bist ohne Eile bis Tourmens gefahren. Du hast einen Parkplatz nahe am Bahnhof gefunden. Übrigens denselben, wie am vergangenen Donnerstag. Du hast deinen Äskulapstab gut sichtbar hinter die Windschutzscheibe geklemmt, sorgfältig die Türen verschlossen, und hast die Straße überquert, wobei du dich zweimal umgedreht hast, um zu prüfen, ob du die Scheinwerfer nicht angelassen hast.

Es war ungefähr halb acht oben auf der Uhr, als du die Bahnhofshalle betreten hast. Unter den freien Schaltern hast du dir den ausgesucht, an dem eine Frau Dienst tat. Du hast eine Rückfahrkarte verlangt und deinen Ermäßigungsausweis gezeigt.

Du hast deinen Fahrschein und dein Geld eingesammelt und der Beamtin einen schönen Tag gewünscht. Du hast gelächelt, als du ihre Verblüffung sahst.

Du hast deinen Fahrschein entwertet. Du bist auf den Bahnsteig A hinausgegangen. Du bist bis an die Spitze des Zuges marschiert.

Wie du es gehofft hattest, war der erste Wagen leer. Du bist die drei Stufen hinaufgestiegen. Diesmal erwähnten die Reservierungs-Übersichten weder Klassenfahrten noch Rentnergruppen auf Vergnügungsreise. Ohne zu zögern hast du dich auf Platz 77 niedergelassen. Das Abteil war geheizt. Du brauchtest nicht zu einem anderen Wagen umzukehren.

Du hast Schal und Jacke abgenommen und sie oben auf der Gepäckablage untergebracht, du hast deinen Ermäßigungsausweis und den Tagesfahrschein auf den Sitz neben dir gelegt.

Du hast dich gesetzt, die Aktentasche auf den Knien. Wieder mal war das schmale weiße Leinenband, das die Sammelmappe verschließt, unter die Taschenklappe gerutscht und hing störend auf dem glanzlosen Leder.

Du hast die Sammelmappe herausgenommen, du hast sie geöffnet, du hast drei flexible Aktendeckel herausgeholt und einzeln auf drei Sitze im Abteil gelegt. Du hast aus einem unförmigen Etui einen Füllfederhalter mit durchsichtigem Rumpf herausgezogen, der noch halb voll roter Tinte war.

Du hast die Sammelmappe wieder geschlossen und hast sie als Unterlage benutzt. Und dann hast du einen der Aktendeckel geöffnet und angefangen zu lesen.

Du kommst zu spät.

Der Wagen rollt schnell bergab (immer und auf jeden Fall zu spät. Nicht möglich, rechtzeitig zu kommen. Man müßte wollen. Man müßte können. Fünfzehn Kilometer, trotzdem. Essen im letzten Moment herunterschlingen, beten, daß das Telefon nicht zu läuten beginnt *Hallo Doktor können Sie gleich mein Sohn ist auf dem Schulhof hingefallen Gesicht blutig nähen ganz schnell kommen Sie,* und keine Möglichkeit zu antworten *Nein, Madame, tut mir leid* (mit sanfter Stimme) *Meineabtreibungen warten nicht!* Große Lust, Hörer abzunehmen, während das Steak schmurgelt auf knisterndem Salz in sehr heißer Pfanne. Heb übrigens manchmal ab. Besetzt! Nicht abkömmlich! Gestört! Fort!) Torhäuschen des Pförtners (fragt nie was. Wagen erkennbar, ziemlich mistig vom Dreck der Mistbauern auf seinem ursprünglichen Weiß, roter Äskulapstab, blauer Fond, in der Sonne verblichen. Fragt nie, hebt seine Schranke, läßt durch, Kopfbewegung, weiß nicht, wohin dieser Wagen fährt, aber weiß bestimmt, daß der Bursche darin jeden Dienstag kommt. Na gut, regelmäßig; bekannter Kopf. Selbst wenn er unrasiert ist! Ist er aber selten. Tut man nicht. Unrasierter Abtreiber, eigentlich nicht akzeptabel. Obwohl. Ob sie überhaupt hinsehen?) am Trottoir (kleine Kurve um die kleine Kapelle, großer Bogen um Geriatrie sieben, Muttchen über ihren Stock gekrümmt, ruhiges Gesicht glasig verglast hinter Glas) der Entbindungsstation (verdammte Topographie!) ...

... alle Türen verschlossen sind (kann man nicht von allem behaupten! Steak nicht grad gelungen Wein nicht für feine Zungen Magen drückt nach oben ... Ach! Nicht vergessen, im Gehen Brieftasche und Portemonnaie in die Aktentasche zu stecken. Angst, daß wer Taschen durchsucht, darum klick-klick, einmal Schlüssel im Schloß drehen, Zaster gesichert, nur noch Ledersafe auf Kittelstapel deponieren. Aber beim Magen, kein Schloß. Der Kaffee war zuviel...) drei Frauen, die sich angeregt unter-(erstaunter Blick. Na und? Zum ersten Mal einen Mann zur Mittagszeit durch den Lieferanteneingang gehen sehen? Die Treppe ist für alle da, oder?)-ßen Gang.

Die Tür am anderen Ende des Gangs ist nur angelehnt. Auf halbem Weg hängt von der Decke (klapp-klapp-klapp! hallt der Gang. Die schmutzigen Stiefel hört man bestimmt am anderen Ende ... Jedenfalls, die, die warten, hören, und zwar gut, alle Geräusche von Schritten. Sie hoffen auf die von dem oder der, der oder die sie schmoren läßt ... Mit erschöpftem Blick, mit gespanntem Blick, eine Welt für sich. Und auf welcher Seite befindet man selbst sich? Nicht auf der der hoffenden strotzenden rundlichen formlos schläfrig Versunkenen mit bleiernem Blick, sondern auf der der anderen: Kopf erhoben, Gesäßbacken zusammen, Handtasche aufgesetzt, Augen beweglich auf der Lauer, an deren Ende, ja sogar noch ein Stück weiter. Sie ist es, die bald von der anderen Seite kommen wird; dieses Ende des Gangs ist nur das Vorzimmer) schließt sich ohne Knall (die Erfahrung, mein Alter, die Erfahrung!) das Büro von A. leer (nicht wieder krank hoffentlich, nicht wie neulich, damals, weiß nicht mehr wann. Kaum in der Abteilung angekommen: *Sie hat angerufen um zu sagen, daß sie Grippe hätte, und bittet, daß Sie ihr einen Besuch machen.* So ein Mist! Nie krank, was hat sie jetzt? Und wieso Klein-Bruno? *Dokters* gibt es doch genug in dem Viertel. Schon nicht witzig ohne sie, wenn sie jetzt auch noch gepflegt werden muß! Fehlt bloß noch, daß sie was Ernstes hat. Rückruf, um sicherzugehen. Hallo? Ah ja, gut ... zittert hustet spuckt schlottert...

– *Ja, bei dem Schnee jetzt bleibt das nicht aus...*

Nicht möglich zu kneifen. Schludere die Abtreibung hin, fahre in unbekanntes Viertel. Dämlicher Schnee. Gezwungen, am anderen Ende der Straße zu parken. Trotzdem verlegen beim Eintreten. Schnuckliges Häuschen, alles was recht ist. Sehr gepflegt innen. Nicht viel gesehen. Durch wie der Wind. Beratungen warten. Kurz abhorchen, zur Beruhigung... Ja, gut, nichts Ernstes, Katalgin Dolipran Sirup, erledigt! Und ihr Chihuahua immer aufs Bett einem immer zwischen die Pfoten, *Na hör mal, hast du Angst, daß ich sie beiße oder was? ...*

... Mmmnein, fehlt diesmal nicht: ihre Brille liegt auf dem Schreibtisch. Mittagspause, kommt gleich wieder).

– *Guten Tag, meine Damen.*

– *Guten Tag, Monsieur. – Tag, Bruno. -len Sie Kaffee?* (Mamma, das darf doch nicht wahr sein! Magen tanzt Fandango nur zu quäl mich nur) aus ihrem Sekretariat gekommen ist; sie hat ihre erschöpfte Miene aufgesetzt (nicht leicht zu überbieten, und außerdem sind alle erschöpft, nicht wahr? Wird sich noch beschweren. Na los! Cheese lächeln, ein bißchen krampfhaft, aber doch fest und entschlossen! Und Rückzug fort von den Gerüchen von warmem Eintopf und kaltem Schmalzfleisch) Blick nach rechts. Die Tür des Wartezimmers steht of-(Scheiße,

Scheiße, Scheiße!) zwei Beine, schwar-(Unglaublich, ist das hier der Lido?)-he mit hohen Absätzen, modische Strumpfhosen, Lederrock eine Handbreit über den Knien.

Du schlüpfst ins Sprechzimmer; du schließt die Tür hinter dir.

Genaugenommen hast du nie einen Entschluß gefaßt, die Abtreibung in Schriftform zu übertragen, sie in Zeilen zu setzen. Aber du hast es immer getan. Von Anfang an.

Seit den ersten Ausbildungssitzungen, wo du hinter D. standest, der mit seinen kurzen Fingern seines Amtes waltete (und du siehst ihn genau vor dir, wie er eine Kompresse faltet, bevor er die Backen der Longuette darüber schließt); seit dem Tag, an dem du mit einem Druck und einem Kneifen im Bauch aus dem Behandlungszimmer kamst (und dabei hattest du an jenem Tag nicht mal den Schlauch gehalten); seit du zum ersten Mal den Eingriff selbst unternommen hast.

An dieses erste Mal hast du merkwürdigerweise keine genaue Erinnerung. Du erinnerst dich hingegen sehr gut an den Tag, an dem man dir die Abtreibungen vorgeschlagen hat. Du siehst, du kannst sie fast noch wiederholen, deine Bewegung des Zurückschreckens. *Verlangen Sie das nicht von mir!* Trotzdem, auch wenn dein Gedächtnis sich weigert, die Umstände oder deine Motive wiederherzustellen, du bist eines Tages zum Zusehen gekommen, du hast dich zu lernen bereit erklärt. Und du erinnerst dich sehr gut, daß du, auch nachdem deine Fähigkeit, allein zu arbeiten, von allen anerkannt war, noch lange gefordert hast, daß D. im Behandlungszimmer anwesend war während deiner Eingriffe.

Aber ob es sich nun um genaue Bilder oder rekonstruierte Erinnerungen handelt, deine Fahrten in die Abteilung haben fast alle eine schriftliche Spur hinterlassen in dem Durcheinander deiner Papiere.

Das ist ganz unmerklich geschehen, das hat sich ganz reibungslos ergeben, wie all die anderen Handbewegungen: Wenn du die Abtreibung hinter dir hattest, verließest du die Abteilung mit ihren weißen Wänden, den Untersuchungsstuhl mit seinem sauberen Laken, die leeren Ruheräume, in denen die Assistentinnnen die Betten machten, das verlassene Wartezimmer und G., die über die abzulegenden Akten gebeugt war. Du kehrtest in deine Landarztpraxis zurück, eine ruhige Arbeitsstätte, wo dann fast nie mehr jemand kam und dich störte, und da du noch immer unter dem Eindruck der vergangenen drei Stunden standest, trotz der zwölf Kilometer Fahrt, trotz eines halben Hörspiels im Autoradio, trotz des Regens oder der strahlenden Sonne (und manchmal des erfreulichen Eindrucks von Ferien, wenn du beim Öffnen der Tür feststelltest, daß dieses Wartezimmer hier leer war) fandest du dich ohne Ziel, benommen, mit feuchtem Rücken, mit klebrigen Händen, wie von einem Film überzogen, der jeden Moment erstarren konnte.

Du setztest dich an den Schreibtisch, du nahmst ein Blatt oder ein Heft, zwei oder drei aus einem Rezeptblock gerissene Werbeseiten, und du schriebst.

Notizen, Fetzen: unter einem Datum ein Satz, zehn Worte, um eine Einzelheit festzuhalten, einen Gesichtsausdruck, einen unpassenden Gedanken, *hinterher* in den Zimmern gehörte Worte.

Ohne es zu wissen, sammeltest du die Spuren deiner Fahrt dorthin, winzige Zeichen dessen, was vorgefallen war, Erinnerung an das Vibrieren des Gerätes, Bemerkungen über die Leibschmerzen von drei oder vier Frauen, das Bild von ein paar blutigen Kompressen unter der zerknitterten Papierunterlage in dem mit einem schwarzen Plastiksack ausgekleideten Abfalleimer.

Du hast dich nie gefragt, weshalb dich das Bedürfnis beherrschte, diese allwöchentliche Erfahrung zu beschreiben. Du sichertest Spuren. Nur waren sie nicht vom gleichen Rang wie die vier Verordnungen und die drei Statistikblätter, die deine Unterschrift trugen.

Nach und nach wurde das ein Teil des Rituals.

Obwohl es im Ablauf jeder Behandlung ein paar Augenblicke des Treibens, der Untätigkeit gab, schriebst du erst, nachdem du die Tür der Abteilung hinter dir geschlossen hattest. Wenn du dann im Wagen saßest, funktioniertest du wie ein Automat. Du suchtest das Weite, du gewannst Abstand. Du flüchtetest vor der Schwangeren im Krankenhaus, und auf der Umgehungsstraße, wenn die Erinnerung an die Vibrationen des Geräts in den Vibrationen der Lenkung untergegangen waren, konntest du dir endlich einen Seufzer entfahren lassen. Früher oder später holtest du deinen Füller heraus, du suchtest dir eine Unterlage und du schriebst. Von deinen *dort* ausgeführten Handbewegungen übertrugst du die Schatten auf das *Hier* des Schreibens, auch wenn das *Hier* nur (und zwar meistens) der Innenraum deines am Straßenrand angehaltenen Wagens war.

Schon war dir das Vergessen unerträglich. Du hieltest den Gedanken nicht aus, daß von diesen wöchentlich drei

Stunden nichts überleben sollte, außer den in einem halben Dutzend Gedächtnissen verstreuten Bruchstücken. Du wolltest schreiben, damit nicht alles ausgelöscht würde, sich verflüchtigte in der strahlenden Sonne im leeren Wartezimmer oder angesichts der ungeduldig Duldenden, die schwitzend in der feuchten Luft der elektrischen Heizkörper saßen.

Ja, du lehntest, endlich allein, dein Heft gegen das Lenkrad, oder du murmeltest beim Fahren ein paar Worte in ein tragbares Diktiergerät; du kritzeltest etwas auf die Papierserviette, die man dir auf der Terrasse eines Cafés in der Stadt neben eine Tasse heißer Schokolade gelegt hatte, oder du setztest dich auf den Rand deines Schreibtisches, um alles aufs Papier abzuschütteln. Wie ein nasser Hund befreitest du dich von dem, was dir das Fell näßte, und hörtest nicht auf, bevor du trocken warst oder zumindest soweit, daß du die Rückkehr in die Welt ins Auge fassen konntest.

Nachdem du dich der Worte entledigt hattest, verbargst du sie in einer Sammelmappe, die immer in deiner Aktentasche steckte, und vergaßest sie.

Als du auf die Schnelle Notizen machtest, ohne Ordnung und ohne Plan, wußtest du nicht, daß du später wieder in diesen staubigen Wust würdest eintauchen müssen.

Du konntest dir nicht vorstellen, daß du unter dem Einfluß eines ebenso unerwarteten wie undefinierbaren Triebs die Sammelmappe wieder öffnen würdest, um eins nach dem anderen die losen Blätter hervorzuholen, daß du die Hefte aus dem Regal nehmen, daß du voller Staunen die in eine Schublade geräumten Tonbänder wieder abhören würdest.

Und abermals hat dich die Zeit einen unvorhersehbaren Weg durchlaufen lassen.

Eines Tages, du weißt nicht mehr wann, ist dir klar geworden, daß du tausend einzelne Bruchstücke gehortet hattest: da waren Geschlechtsöffnungen, metallisches Glänzen, fahle Formen, leere Blicke, obszöne Flecken, unerwartete Lächeln; eine Schweißlache wie ein Tümpel auf einem Bauch, der unerträgliche Brief eines unwissenden Arztes, eine kraftlose Stimme aus dem Innern eines Bettes, der Geruch von weichgewordenen Croissants und aufgewärmtem Kaffee nach Vollnarkosen...

Als du diese fremden Worte zum ersten Mal lasest, hast du sie nicht wiedererkannt, als wärest du ein Bildhauer gewesen, der die herabgefallenen Steinsplitter eines verschwundenen Blocks betrachtet und sich kaum erinnert, daß er ihn einmal bearbeitet hat. Das alles wollte nichts heißen. Die Notizen, die unregelmäßigen Zeilen, die stimmlosen Worte lagen vor dir auf dem Tisch wie die Teile eines Puzzles, dessen endgültiges Aussehen du nicht kanntest, wie die unterschiedlichen Teile eines Bausatzes, für den die Montageanleitung fehlt.

Außerdem hast du im Laufe der Worte das fast unhörbare Plätschern von etwas wahrgenommen, das schon lange da ist, sich Tropfen für Tropfen im Schoße eines bisher unbeachteten Raumes gesammelt hat, sich verdichtet hat ohne dein Wissen, bis zu dem Augenblick, wo es sich mitteilte.

Du hast dich der Erkenntnis stellen müssen: dieses Etwas existiert in dir, es wuchert, es wird genährt von dem, was du hörst und tust und siehst, und es offenbart sich endlich deinem Bewußtsein.

Es vibriert, es bewegt sich, und du weißt nicht genau, was du daraus machen, was du dazu sagen sollst; du weißt nur, daß jede Abtreibung es noch wachsen läßt, daß jedes Gesicht einer Frau es erbeben läßt, daß jede Gemütsbewegung, die dich erfüllt, unausweichlich von ihm gefärbt ist.

Von jetzt an ist es, wenn du vor einem Heft, einem Blatt Papier, einer Schreibmaschine sitzt, nicht mehr unmittelbar *hinterher.* Die Zeit ist gekommen, ans Licht zu bringen, was dich nach und nach erfüllt hat, zu sammeln, was sich außerhalb deiner abgesetzt hat.

Du bist allein im Behandlungszimmer (nicht lange, wetten, sie kommen schon, die eine oder die andere:

– *Können wir die erste Frau hereinholen?*

– *Ja, wenn ich meinen Kittel anhabe! Wenn es Ihnen nichts ausmacht, daß ich mir noch die Zeit nehme, mich umzuziehen; sie können vielleicht noch zwei Minuten länger warten, oder? Ich habe wohl noch das Recht, Luft zu holen* ... und der 'Tschuldigung-Blick verschwindet, schließt die Tür schnell, als hätte sie dich nackt gesehen. Eigentlich egal. Schaue ja auch nicht, wenn sich die Damen hinter ihrem Vorhang ausziehen. Na also ... Auch der Henker hat das Recht auf ungestörtes Umkleiden) ziehst den Pullover aus; du legst ihn (kein Platz in dem Schrank. Pullover geknüllt, Schal gerollt. Wie machen die anderen das? Die legen bestimmt die Krawatte nicht ab ... Also jetzt, weg mit der halbamtlichen Garderobe, her mit dem Kittel des Amtswalters. Tipptepptapp Druckknopf und Verdammt! Die verfluchte Tasche abgerissen, nicht gerade strapazierfähig ... Nein, das darf nicht wahr sein, das ist derselbe! Letzte Woche zweimal hintereinander die Uhr hingefallen. Neues Spiel neues Glück! Dieselbe durchlöcherte Tasche, merken nichts, die Wäscherinnen! Im Lotto nie, bloß hier Volltreffer jede Menge. Weg, in die Wäsche, ohne Umweg über den Ausgangskorb. Mal sehen, der?

Mmmja, ist in Ordnung. Tipptepptapp, Kragen sitzt, Füller blitzt, Arzt flitzt, alles klar) auf den Gang.

Du kehrst zurück zum Büro von A. Die Tür (wieder da, na endlich!) *geht's, Bruno?*

– *Es geht. Und Ihnen?*

– *Gut geht es! Wir haben drei Frauen heute, und mir scheint, eine von ihnen ist schon mal* (Widergängerin. Bekannt? Wohl nicht. Name sagt nichts) *wußte es doch* (rosa Karte, roter Sticker) *Zweimal* (greifen Sie zu, nehmen Sie's vom Lebenden ... Wer muß heute wieder ran? Der gute Onkel Doktor Sachs, auf dem orangenen Formular unter den Namen der Kollegen von den vorigen Malen. Braver Bruno so sanft so zart, aufmerksam, seufzend saugend sinnend. Ein Glücksfall, meine Liebe, mit ihm zu tun zu haben ...) *komme gleich nach.*

Du wendest dich ab, während A. den Kartei-(peng! Sie brauchen sich nicht zu verstecken, Sie sind entdeckt! Wir kürzen das Einführungsgespräch *Ihnen erklärt, wie das abläuft, ja? Also, ich werde Ihnen* weiß das schon, muß nichts mehr lernen, möchte es schnell hinter sich bringen)-tung der Instrumente beschäftigt. Du gehst zum Wasch-(Auauauaaa tut das weh! Bravo! Originelle Antiseptik Patent des Gesundheitsministeriums: Operateure werden wie Hummer geliefert, genau im rechten Augenblick aus dem kochenden Wasser gezogen, wenn die Mikroben noch leben, daaahhh ...) eine ganze Weile unter den Wasserstrahl (... ffft das Fleisch rot. Sie werden wieder fragen, ob der Herr Doktor ein Ekzem hat *Dabei muß ein Arzt doch wissen, wie man auf sich achtgibt* und betrachten deine Hände mit Befriedigung, denn daß man was hat, wenn man zu Ihnen kommt, heißt nicht, daß man nicht das Recht hat, sich über die kleinen Nöte des nicht gefeiten Privilegierten zu freuen) Röhren verschiedener Dicke herausgleiten, die sie auf dem Tuch ordnet (wieder die Hälfte schwarz vom Sterilisator, verkohlt, da kann man doch nichts sehen. Wenn sich die Tiefe nicht abzeichnet, ist man so klug als wie zuvor, dann heißt es wieder Kunststücke vollbringen: sichten, vergleichen, wiederholen; schlimmer, daß es nicht eindeutig wird, die Röhren nicht alle von gleicher Farbe: zwei orange drei schwarz eine dunkelbraun weniger verbrannt als die anderen, alle gewunden gedreht Bonsaiäste aus Gummi aus dem Schoß des Sterilisa(ha)tors; wenn die Stifte sprechen könnten, was würden sie erzählen, was könnten sie von ihren Reisen in die Tiefen berichten?) einer großen Zange hinein, holt eine Kugelzange (Plink!), eine Longuette (Plonk! Vooorssicht beim Besteckkasten, Marinette, er stammt noch von meiner Großtante!) um unter dem Tisch zwei hermetisch verschlossene Zellophan-Etuis (Flopp! machen die Kompressen auf der blauen Unterlage. Jedes andere Geräusch gleich in die schwarze Plastikfolie. Die Dinge leben und verändern sich und sterben, und an dem Geräusch, das sie machen, wenn man sie wegwirft, merkt man das) *siebeneinhalb für Sie, ja?*

– *Mmmhh.*

Sie öffnet eine längliche Hülle (letzte Hand anlegen, Geisterhände, keine Abdrücke, keine Spuren, Lady Macbeth ist überholt: heute waschen sich die Mörder bevooor) *erste Frau hereinholen?*

– *Mmmhh.*

Wie immer bist du nach den Vorschriften verfahren.
Du hast angefangen, all das zu ordnen (das ist ja so beruhigend), was nach deiner Ansicht dir gestatten würde, genauestens den Gehalt einer Abtreibung zu beschreiben, ihren Verlauf, Einzelheiten über die Gegenstände, mit denen du hantierst, die winzigste Nebensächlichkeit, die ihr Farbe verleihen würde.

Du hast damit begonnen, daß du alle Fragmente gesammelt hast: farbige Zettel, lose Blätter, Notizbuchseiten; die zufälligen Hilfen: Eisenbahn-Fahrkarten, Zeitungsränder, Papierservietten, Rückseiten von Briefumschlägen; die drei oder vier Mini-Kassetten, denen du ein paar improvisierte und glänzende Ideen anvertraut hattest; die Hefte.
Anschließend hast du die Gegenstände erfaßt: Einen unbeschriebenen Satz Formulare für den Eingriff, wo nichts fehlt, nicht mal das gelbe Blatt für die den Frauen beim Abschied gegebenen Ratschläge; eine Sonde Nr. 7, unbenutzt in ihrem sterilen Etui; einen nicht gebrauchten linken Handschuh; ein in der Umkleidekabine gefundenes Taschentuch, das du, aus Gründen, die du vergessen hast, seiner Besitzerin nicht wiedergegeben hast (jedenfalls bist du sicher, daß sie in deiner Gegenwart nicht ge-

weint hat, du hättest es ihr sonst gegeben. Bestimmt); eine nicht brauchbare Spirale; einen Bericht und Aufnahmen von der Ultraschalluntersuchung, die du derjenigen, die sie mitgebracht hat, nicht wieder mitgegeben hast (das tust du nie), die du aber zur Abwechslung auch nicht zerrissen hast.

All diese Gegenstände hattest du einen nach dem anderen zusammengetragen in man weiß nicht was für einem Wunsch, Beweisstücke zu bewahren, Nachweise für deine Fahrten dorthin, andere Indizien, als die von dir nur beschriebenen. Paradoxerweise haben diese Indizien, das weißt du, so wie sie sind, keinen Beweiswert: vielleicht hätten sie einen, wenn sie an einem Einsatz beteiligt gewesen wären, aber das ist natürlich nicht der Fall. Könnte man sich wohl eine gebrauchte Karman-Sonde oder einen umgekrempelten Handschuh, außen weiß gepudert, innen rot gefleckt, auf deinem Schreibtisch vorstellen? Nein, wirklich, nachdem du alle Wahnvorstellungen begraben (oder auf Papier gebannt) hast, hast du die Vorstellung entwickelt, daß diese Requisiten nur durch Aussparung von Abtreibung sprechen können.

(Zeitweise hattest du auch ins Auge gefaßt, Fotos vom Behandlungszimmer, den Gängen, den Ruheräumen, der Uhr an der Decke, den Stühlen, dem fahrbaren Instrumententisch zu machen, so notwendig schien es dir zu sein, daß dein Bericht unanfechtbar präzise wäre. Schließlich hast du diese Idee aufgegeben, übrigens weniger aus dem Wunsch heraus, »nur das Gedächtnis arbeiten zu lassen« (wie du später behaupten wirst), als aus einem dunklen Gefühl von Anstößigkeit, das dich während deiner ganzen Unternehmung nicht mehr loslassen wird.)

Dann hast du jede Zeile wieder gelesen. Du hast jedes Fragment, eins nach dem anderen, auf große weiße Blätter übertragen.

Dabei hast du es dir versagt, irgend etwas an dem, was du deinen »Rohstoff« nanntest, zu verändern. Du bemühtest dich, jedes Komma, jeden unvollendeten Satz zu respektieren; die Worte, die einmal Ausdruck heftiger Emotionen gewesen waren, gabst du präzise wieder, selbst wenn sie dir nichts mehr sagten. Ebenso hast du ohne zu mogeln die tönenden Monologe, die meistens im Auto auf der Rückfahrt aufgenommen waren, abgeschrieben. Wenn dich Hintergrundgeräusche hinderten, bestimmte Worte zu verstehen, hast du statt dessen »*Unverständlich*« geschrieben.

Mit diesem Vorrat an Gedanken bist du wie ein Archäologe umgegangen. Du hast das alles nur mit den Fingerspitzen berührt, hast mit Schere, Kleister, Radiergummi und Bleistift gearbeitet. Mit einer Pinzette.

Du ließest dich leiten von dem Gefühl, daß die tausendundein bisher zutage geförderten Bestandteile direkt aus dem tiefsten Innern deines Seins stammten. Wenn irgend etwas aus diesem Rohstoff geboren werden sollte, würde seine Lebenskraft auf einer Authentizität beruhen, die zu verfälschen du auf keinen Fall riskieren wolltest.

Du hast dir, peinlich genau und beharrlich, Zeit gelassen. Nachdem du deine Kopistenarbeit erledigt hattest, hast du die Blätter und die Heftseiten numeriert, hast zueinandergestellt, was ähnlich wirkte, zusammengefaßt, was verwandt schien, Beziehungen festgestellt, Tendenzen in ein Schema gebracht und deine Eindrücke auf einem nur diesem Zweck vorbehaltenen Block schriftlich niedergelegt.

Schließlich hast du das erzielte Resultat betrachtet und hast, mit einer gewissen Befriedigung, gefunden, daß es gar nicht schlecht wäre.

Du hörst die Assistentin hinten die Tür des Wartezimmers öffnen.

– *Kommen Sie bitte, Madame. Wollen Sie mitkommen, Monsieur? Nein? Er bleibt lie-*(keinen Mut, Angst vor dem Sehen, dem Einsehen, dem Nachsehen. Bleibt lieber bei seinem Paris-Match, Prinzessin verbringt Ferien Acapulco oben ohne Beau daneben ... Recht hat er. Lohnt sich nicht, mitzukommen, bloß damit er schlappmacht, während die Frau was durchmacht ... Komisch, haben oft kleinen Schnäuzer, die, die bleich werden, die in Ohnmacht fallen, die wieder gehen wollen; treten ein, ohne was zu sagen, folgen ihrer Frau, wissen nicht wohin mit sich, und sie: *Bist du sicher, daß du mitkommen möchtest? Meinst du wirklich?* und zu uns: *Er wird es nicht ertragen, schon bei den Entbindungen ...) Guten Tag, Herr Doktor* (Natürlich: der einzige Typ im weißen Kittel Schildchen auf der Brust, Hände noch feucht im Handtuch vor dem Verbrechen also muß er es sein) einen kleinen Korb (süß, macht sicher ihre Einkäufe damit, im Selbstbedienungsladen, aber diesmal ist die Tasche leer beim Heimkommen, sie ist hinterher leichter als vorher, entleert, entrümpelt von diesem ungehörigen Lebendgewicht. Waffen und Tränen sind an der Garderobe abzugeben) *Nachthemd mit?*

– *Oh, nein, hab ich vergessen ...*

(Manchmal hat sie ein hübsches Gesicht *Hier!* und kommt mit schwellenden strammen Brüsten unter dem nur teilweise zugeknöpften Hemd oder dem bunten Tishört das sehr kurz um ihre Oberschenkel flattert aus der Kabine; oder aber es ist eine Häßliche oder einfach Unschöne *Soll ich mich nur unten frei machen?,* die den BH anbehält und mit den Händen vorn die Zipfel des mit Streublümchen bedruckten Hemds krampfhaft zusammenhält, als sie herauskommt, oder sie ist bis zu den Knöcheln eingehüllt in ein Ding mit Spitzen, ausgeschnitten, leicht durchsichtig dezente Farben, und man sieht von hier aus das Schlafzimmer: schwarzer Lack, zwei Radiowecker seitlich am Kopfende des Bettes eingelassen (fehlen nur noch gelbe Tapetenschoner) und an der Wand genau darüber das Bild einer nackten Frau mit großen rosigen Brüsten blondem Schamberg auf der Kirmes gewonnen, oder schlimmer: gekauft) von einem Fuß auf den anderen, sein Blick wandert (armer Alter! Muß sich neu orientieren, überlegen, ob es richtig war, hereinzukommen, mit leerem Blick auf den weißen Kittel *Setzen Sie sich dorthin, Monsieur!* Ihn einen Augenblick ausschalten) die Zeilen. Du nimmst nur bestimmte Informationen wahr (manchmal »Arbeitslos / Verkäuferin«, oder »Arbeitslos / ohne Beschäftigung«, oder einfach »Arbeitslos« und nichts davor, nichts dahinter. Es handelt sich also nur um sie, und die drei vier fünf Geburtsdaten (Seufzen, Kopfschütteln wenn es so viele sind, daß G. die weiteren unter die Linie hat schreiben müssen, und wenn auf der Linie noch weiter unten (frühere Aborte) und am Rand des orangenen Formulars schon zwei drei Daten stehen, mit den Namen der Kollegen, sauber mit Linienblatt geschrieben, und bald heute abend morgen dem des Onkel Doktor Sachs als drittem oder viertem auf der Liste. Fehlt bloß, daß es ihr gelingt, beim nächsten Mal damit wieder zu letzterem zu kommen *Zu dem gleichen er ist so nett, gar nicht grob, hat mir alles erklärt* ... Um Himmels willen!) in der Rubrik »Alter der Kinder« gehen nur die Frau etwas an. Übrigens kommen sie im allgemeinen notgedrungen allein, aber in diesem Fall schreiben wir: »Bauführer /ohne Beschäftigung«, zwölf zwölf vierundfünfzig, zwei Kinder, schon hiergewesen 1981 Dr. D.) Durcheinander von Rubriken, von Spalten und Linien auf Vorder- und Rückseite, von numerierten Fel-(das bringt Zahlen, so ein ausgeräumter Bauch! Offizielles, statistisches, epidemiologisches Papier, genauso wichtig wie Sterbeurkunden. Bloß, daß hier die Ursache bekannt ist. Nicht das will man wissen, sondern woher sie kommt, wer sie ist, stimmt das, daß sie dem Vaterland schon zehn Felder für frühere Schwangerschaften geopfert hat? Und: *C) Wenn es sich um einen freiwilligen Schwangerschaftsabbruch aus* **ausschließlich** *therapeutischen Gründen handelt, das heißt auf Indikation mit Attesten zweier Ärzte* (Zum Abtreiben selbst reicht einer) *Motiv präzisieren: 1. Gefahr für die Schwangere, 2. Gefahr für das ungeborene Leben* ... und 3. Gefahr für den Vater, der es unterhalten soll, 4. Gefahr für die Ärzte, die die Lungenentzündungen behandeln, die Schwestern, die den Schorf abrubbeln, die Hilfspflegerinnen, die bei Inkontinenz Hintern abwischen sollen, 5. Gefahr für den Geldbeutel der Allgemeinheit, 6. Gefahr (für die Klassenkameraden) der Ansteckung beim Sabbern Schwachsinniger) ...

... Blatt ist blaßblau und trägt zweimal die Unter-(Gekrakel wie Fliegendreck kindliche Schrift mit zwei Kringeln drum herum wie um sich gegen alles abzuschirmen) *bekräftige meine Bitte um Ab-*(was elegant ausgedrückt) ...

... auf Briefpapier mit Kopf (zu zwei Dritteln unleserlich. *Letzte Blutg. 22.02.*, Aha! Es eilt wohl ein bißchen. *Nicht untersucht* Mistkerl! *bitte um Ihre Mitbehandlung* Natürlich, und so was nennt sich Arzt ... Na, also, was macht sie denn so lange? Sie wartet, bis man *Sie können kommen, wenn Sie wollen, Madame* auf dem Halm erfroren ist? Ah, da ist sie. *Kommen Sie hierher, nur keine Angst.* Nein du, mein Lieber, du rühr dich nicht! Übrigens, der Blick, den sie dir zuwirft ... sitzt wie ein Tölpel, die kleine eckige Herrentasche auf den Knien, siehst sie gemessenen Schritts auf den Untersuchungsstuhl zugehen, ohne zu wissen, ob du am Skaisitz kleben bleiben oder den Hintern lüften sollst. O ja, heute steigt sie hinauf. Du, du bleibst da unten, und ein anderer Mann wird *Tack-tack! Die Fahrkarte bitte!*

– *Was? Wie?*

– *Fahrkartenkontrolle, Monsieur!*

– *Ah, ja* ... (Was ist denn in den gefahren daß er so ohne Vorwarnung hereinplatzt dieser Idiot höllisch erschreckt verdammter Tölpel! ... Wo ist bloß die Karte? Lohnt sich nicht Zug so früh keine Chance Ruhe zu finden)

– *Da.*

– *Danke. Sie ... wissen, daß gleich noch weitere Reisende einsteigen?*

– *Ja. Und?*

– *Sie sollten die Vorhänge nicht so zugezogen lassen.*

– *Mmmhh. Keine Sorge, ich mach Platz.*

Obertrottel. Was kümmert's mich. Armer Schwachkopf sieht wohl nicht wenn einer arbeitet?) ...

– *Gute Reise, Monsieur ...*

– *Mmmhh* ... (Ja, ja, schon gut ...)

– *Kommen Sie, Madame.*

Du lächelst sie an, du machst zwei Schritte in ihre Richtung; du lädst sie ein, näherzutreten.

In dem Maße, in dem du das bereits Geschriebene Revue passieren ließest, suchtest du all das zu erkennen, was die Worte verbargen (den Untersuchungsstuhl unter dem Körper der liegenden Frau; das Behandlungszimmer, wo die Assistentin mit metallenen Zangen das sterile blaue Tuch auseinanderfaltet und es dann, weil sie damit den Rand der Ablage gestreift hat, zur Kugel knüllt und in den Müll wirft und vor sich hin fluchend ein neues hervorholt; G.s Stimme am Telefon *Seit wann haben Sie Ihre Periode nicht gehabt? Das sind also beinahe zwölf Wochen. Möchten Sie betäubt werden? ... Wie Sie wollen, aber Vollnarkosen werden nur an zwei Tagen der Woche gemacht. Sie bleiben den Tag über hier und können abends nach Hause gehen ... Ja, dann ist es wohl besser, wenn Sie erst zur Beratung kommen. Morgen, paßt Ihnen das?)*, und was nur undeutliche Bilder in deiner Erinnerung waren.

Diese Dinge, diese Worte, diese Gesten, die jeden Dienstag wiederholt wurden, stellten in deinen Augen das Stützgewebe der Abtreibung dar, und du wolltest sie lesbar machen. Es war notwendig, ihre Konturen durch Schrift zu verdeutlichen. Sie zur Schau zu stellen, ohne doch ihre Wahrheit zu verfälschen.

Und mehr noch als von der Deutlichkeit warst du besessen von dem Wunsch, erschöpfend zu sein.

Du machtest Listen, eine etwas mechanische Aufstellung der Bestandteile, der Begebenheiten, der Fragen, der Überlegungen, die vorkommen müßten. Du begannst zu unterstreichen, was nicht vergessen oder mit Schweigen übergangen werden durfte. Du bemühtest dich, die Abtreibung in den winzigsten Details ihrer Topographie, ihrer Chronologie darzustellen. Damit nichts fehlte.

Das Behandlungszimmer

Die Blätter des Formularsatzes (die Verwunderung, wenn man ihre Gesichtszüge mit ihren Geburtsdaten vergleicht. Sie haben nicht das ihrem Alter entsprechende, ihrem Leben entsprechende Gesicht. Sie sehen immer jünger oder älter aus, sie haben nie die Zahl der Kinder oder den Partner, die man ihnen zugeschrieben hätte. Sie kommen allein, wenn man jemanden bei ihnen erwartet hätte. Sie treten in Begleitung ein, wenn man geglaubt hatte, daß er draußen bleiben würde)

Die vaginale Austastung (manchmal vor dem Handschuheanziehen vergessen, also Fingerling drüberziehen, doppelte Schicht Plastik)

Das Hineinschieben des Spekulums

Das Pinseln des Muttermundes

Die Haken der Kugelzange

Die Dilatation (die orangefarbenen Stifte)

Die Absaugsonde, in den Anfangszeiten immer zu groß gewählt, jetzt oft zu klein. Selten auf Anhieb die richtige Stärke

Das Geräusch des Gerätes

Die Haltung beim Absaugen (in einem »Agitations«-Film führte ein Typ die Karman-Technik zwischen gespreizten Schenkeln sitzend vor, mit etwas abwesender Miene, ihn ging es nichts an, ohne Kittel (um eines unmedizinischen Eindrucks willen?), die Manschetten kaum zurückgeschoben zurückgefaltet über die Ärmel des Pullovers. Wirkte schmierig ... L. fuhrwerkte auch im Sitzen herum. Sie handhabte die Sonde mit so weit ausholenden Bewegungen, daß man hätte meinen können, sie kehrte einen Kamin)

Die Überraschung, wenn der Bauch beinahe leer ist (beim Einsetzen des Spekulums gebar der beinahe offene Muttermund schon eine absprungbereite Masse; die Sonde hat das Werk nur abgeschlossen)

Die Kompressen, die eine nach der anderen in das Becken fallen, anfangs mit Antiseptikum getränkt, dann klebrig von Sekretionen der Zervix, röter werdend im Laufe der Absaugung, dunkel von Bétadine ganz am Schluß, wenn die Mischung aufgewischt wird, die am Grunde der Vagina plätschert

Das Kratzen (das Spekulum, das entsprechend vibriert)
Die kleinen Sonden zur Kontrolle
Die letzte Kompresse, von der blauen Unterlage aufgenommen, nachdem das Spekulum entfernt ist (die Bewegung mit dem Becken, die sie machen, wenn man es herauszieht), um die Vulva zu trocknen, von der farbige Flüssigkeit tropft

Die Flecken auf dem Linoleum (die Assistentinnen haben Unterlagen zum einmaligen Gebrauch zweckentfremdet und als Bodenabdeckung unter dem metallenen Becken ausgebreitet; sie stören ein bißchen, wenn man den Schemel zwischen die Beinstützen zieht: manchmal ist man gezwungen, ihn zu berühren, um ihn an die richtige Stelle zu bringen, das sollte man natürlich nicht, weil in dem Moment schon die Handschuhe steril)

Das mit einem schwarzen Plastiksack ausgekleidete metallene Becken (unvermeidbarer Anblick, wenn sie sich ans Ende des Untersuchungsstuhles setzen, wenn sie sich wieder aufrichten. Legen sich mit dem Bild eines leeren Abfalleimers hin, und gehen mit dem eines Haufens von gebrauchten Plastikhüllen Papieren Kompressen Sonden fort)

Die Auffangflasche *(– Wieviel war drin? – Hundertfünfzig ...)*

Der Schweiß die Blässe die Übelkeit, die Nierenschale zum Spucken

Die Nierenschale für die Bestandteile (A., die mit dem Ende einer Zange unter der Operationslampe sortiert, während die Frau noch das Spekulum drin hat

– Haben Sie alles?

– Ja, das kommt hin)

Das Aufstehen

Die Pantoffeln oder die Hausschuhe oder die Schuhe mit den Absätzen oder die nackten Füße

Die Frauen, die danke sagen, wenn sie hinausgehen

Die, die auf Wiedersehen sagen

Diejenigen, die man aus dem Wartezimmer holt, weil er, weil sie lieber dort gewartet haben, und die man auffordert, ihr in den Ruheraum zu folgen

Die Geschäftigkeit im Behandlungszimmer, wenn die

Assistentinnen alles wieder in Ordnung bringen und von neuem eine Unterlage vorbereiten, Instrumente
Die nächste Frau

Die Gespräche im Ruheraum, Information zur Empfängnisverhütung (Interruptus den hab ich begriffen, Schaumzäpfchen die laufen aus, Präservative die mag ich nicht, zur Spirale da hab ich kein Vertrauen, die Pille die vertrag ich nicht, damit soll mir keiner mehr kommen)

Die »prä-abortiven« Beratungen, die eine Stunde dauern, ganz besonders, wenn G. behauptet, es dauerte nur fünf Minuten (als könnte man sie einfach hereinholen *Ziehen Sie sich aus!*, sie auf den Untersuchungsstuhl steigen lassen, ohne mit ihnen zu sprechen *Heute muß nur festgestellt werden, ob sie die Frist nicht überschritten hat,* sie untersuchen, Spekulum *Das ist kalt,* Fingerling *Mmja, Sie haben den Uterus nach hinten verlagert, wußten Sie das?* und hopp! *Alles klar? Planen wir sie für nächsten Dienstag ein oder für eine Narkose Donnerstag,* Donnerstag ist Frei-Tag, ich sag nichts mehr ich spür nichts mehr)

(Die Vollnarkosen)

Die »Kontroll«-Beratungen *(Ich habe keine Lust gehabt, wieder mit ihm zu schlafen, ist das normal? Und meine Tage, warum sind die nicht so wie vorher? Sie glauben, daß es keine Folgen geben wird? Ich habe immer noch Leibschmerzen, da an den Eierstöcken, ist das deswegen? Es gibt keine Komplikationen? Ich werde trotzdem Kinder bekommen können?)*
Die, die man sechs Monate, sechs Jahre später wiedersieht *(Ich bin immer wieder hierhergekommen, warum auch nicht)*

Die, die mit unschuldsvoller Miene oder mit dem Finger im Mund kommen und bis zum Stehkragen schwanger sind und aus allen Wolken fallen und steif und fest behaupten, sie hätten keine Ahnung gehabt, und an ihren Gesichtern kann man ablesen, daß sie die Wahrheit sagen (und das ist so viel schwieriger, als wenn sie unaufrichtig wären ...)

(England)

Die anderen. Abwesend, per definitionem. Nie gleichzeitig in der Abteilung. Jeder seinen halben Tag. Fast nie getroffen, außer, komisch, alle zusammen bei der jährlichen Zusammenkunft. So verschieden voneinander. Wenn man ihnen auf der Straße begegnete, wer würde denken, daß sie diese Arbeit tun? Sieben Männer. Keine Frau hält mehr die Sonde, seit Sachs L. ersetzt hat.

Lange vor L. gab es Y., von der A. neulich erzählte, daß sie unentwegt Kinder bekam und daß sie schwanger zur Arbeit erschien, bis zu siebeneinhalb, acht Monaten, und trotzdem (Kopfschütteln von A., die fünf Jahre danach noch immer staunt) *Mit den Frauen gab das keinerlei Probleme...*

Die Eindringlinge. Die zum Gucken, Miterleben, Lernen kommen. Die Beraterinnen von der Familienplanung, die zehn Jahre nicht dagewesen sind, die sehen wollen, ob sich was geändert hat *(Ein Glück, daß es jetzt Zimmer gibt, ich erinnere mich, als ihr sechs oder acht an einem Vormittag gemacht habt, und es gab nur ein Feldbett, und jede Frau ruhte fürstliche zehn Minuten darauf, bevor die nächste ihren Platz einnahm)*; die Schwesternschülerinnen *(Ich bin dagegen, aber ich wollte wissen, wie das vor sich geht)*; die wenigen Ärzte, die ihre Patientin begleiten

Der Vorhang der Kabine
Der Tritt
Der Untersuchungsstuhl

Die Beinstützen, die monatelang nicht in Ordnung waren

Die Haufen von Kindern, die ihnen im Gesicht stehen und in den Unterlagen und im Wartezimmer *Das ist mein Jüngster, ich hatte niemanden, der auf ihn aufpaßt* und manchmal sogar im Ruheraum (das Ehepaar mit der Kleinen von fünf Monaten, der Mann hin und hergerissen zwischen der auf einer Bank abgestellten Tragetasche und seiner ins Behandlungszimmer gehenden Frau, bis dann G. sagte, sie würde sich um das Püppchen kümmern

– *Sagen Sie ihr, daß Sie wiederkommen, daß es nicht lange dauert*

– *Glauben Sie wirklich, daß sie das versteht?*

– *Und Sie, sind Sie sicher, daß sie es nicht versteht?*

und sie sind beide ins Behandlungszimmer gegangen, während G., Säugling auf dem Schoß, selig lächelte. Zwanzig Minuten später gab die Mutter das Fläschchen. Ein sonderbares Bild: alle vier im Ruheraum sitzend, ausgeräumte Mutter auf dem Bett Tochter füllend, je einen Mann (im schwarzen Anzug, im weißen Kittel) zu beiden Seiten)

Die, die nicht aufhören zu weinen

Die, die ununterbrochen reden, die fröhlich mit A. oder der Assistentin plaudern, während das Gerät brummt

Die, die ruhig schlapp schlaff bleiben

Die, die beim Hereinkommen angeben und dann bei der ersten Berühung hochgehen und zappeln und zu flüchten versuchen

Die, die während der Prozedur schreien (die herabsinkenden Arme, der kalte Schweiß, das Gefühl vollkommener Erschöpfung, wenn eine von ihnen anfängt zu brüllen; die heftigeren Worte von A. dann: *Wir können nicht fortfahren, wenn Sie schreien, Madame.* Das Tuch, das sie ihnen reicht, und in das zu beißen sie sie auffordert) und hinterher Witze machen ...

Das Händewaschen

Die Worte der Rechtfertigung, des Hasses, der Ausreden, der Angst

Die, die nichts begreifen. Oder so tun als ob

Die, die jemanden anders für sich sprechen lassen

Die, die ihren Partner daran hindern, ein einziges Wort zu äußern

Die, die schön sind

Der Kittel

Die Handschuhe

Die Hose (wie kommt es, daß in all den Jahren nicht ein Fleck?)

Das Sieb (genau die Größe, die man braucht, um eine Portion Garnelen abzuschrecken)

Die Mütter, die Schwestern, die Freundinnen

Die Ehemänner (wenn sie kommen)

Die roten Aufkleber auf den Papieren derjenigen, die zum zweiten, dritten, vierten Mal wiederkommen und zwischendurch Kinder geboren haben ... (und die, die wiederkommen, bevor ihre Akte vom letztenmal überhaupt abgelegt worden ist)

Die zu unterschreibenden Papiere

Die Verordnungen

Die Heizung im Ruheraum auf die man sich setzt, wenn gar kein Stuhl frei ist, und man verbrennt sich die Hinterbacken, während man an Slips denkt (Seite 43 im KATALOG FÜR DEN MODERNEN MANN, zwischen Nr. 667, Colt Frontier, exakte Nachbildung des Modells von 1890, Holzkasten mit Intarsien, komplett mit Patronen und Reinigungsset, und Nr. 669, Elegantes Köfferchen aus bordeauxrotem Leder, vier Fächer (plus Geheimfach), Zahlenschloß, enthält geschmackvolles Reisenecessaire mit echtem Dachshaar-Rasierpinsel, wohlriechender Seife und Rasiermesser Schärfe garantiert Griff raffiniert ziseliert), die beheizbar sind. Die männliche Empfängnisverhütung der Zukunft: Diese originelle Thermo-Unterwäsche, schick und kleidsam, Temperatur vor Ort 37,5 ° C, genährt aus einer nicht sichtbaren Batterie in der Hosentasche, verbindet Leistung (die Wärme macht die Spermien unwirksam) mit Komfort (sehr geschätzt im Winter) unter größter Diskretion: Keine unnötigen Fragen an die Partnerin mehr, ob sie geschützt ist, überflüssig die unhandlichen 2000er-Packungen Präservative ...)

Die Anweisungen, bevor man sie gehen läßt

Das gelbe Formular. Die Schmerzen nach drei Tagen. Das Waschen. Der Verkehr *(Wann kann ich denn wieder, vielleicht ist es besser, wenn ich einen oder zwei Monate damit warte, oder?)*

Die Tubenligatur *(Man hat mir gesagt, ich sei zu jung, aber fünf reichen mir, ich will keine mehr)*

Die Vasektomie

– *Kommen Sie, Madame, treten Sie näher* (aber nein, hier frißt Sie keiner, hier beißt Sie keiner, hier ist ein Mensch im weißen Kittel, ganz Mensch, unverkennbar ein Arzt, Lächeln neutral und wohlwollend, wie es im Buche steht, kommen Sie hierher, da Sie sich nun mal dazu entschlossen haben, kommen Sie, kommen Sie, steigen Sie) -tallenen Tritt zu ihren Füßen, den sie noch nicht gesehen hat, weil ihre Blicke (preßt die Zipfel des Nachthemds mit den Händen auf den Bauch, um ihn zu halten oder aus Angst, daß sie da wer berührt, und es wird Sie jemand da berühren, aber sicher, jetzt, wo Sie mal soweit sind, da gibt es kein Zurück mehr. Noch nie eine Frau im letzten Augenblick nein sagen hören, ich will nicht mehr. Aufhören, das ja. Geschrei, Klagen auf dem Untersuchungsstuhl, hören Sie bitte auf, das ja. Aber daß eine ihre Meinung geändert hätte, niemals)-gen, ob sie daran gedacht hat, ihren Slip auszuziehen (Schlüpfer mit Gummizug letztes Bollwerk, rollt ihn dir zusammen, sucht eine Ecke, wo sie ihn verstecken kann, als ob das etwas Unanständiges wäre, ein Kinkerlitz aus feinem Gewebe, fein jetzt, gleich prall durch die Monatsbinde, die A. zwischen die noch liegenden schmerzenden Schenkel gelegt haben wird *Warten Sie ich helfe Ihnen* und hopp! – den Schlüpfer angezogen, die Öffnung verschlossen, den Bauch zugesperrt nach den Ausgrabungen).

– *So, dann nehmen Sie bitte Platz.*

Sie steigt die zwei Stufen des Tritts (Gymnastik, die man macht und wieder macht und abermals macht, einmal vorher, einmal während, einmal nachher, und wie viele Male dann noch? Die, die sofort Bescheid wissen, und die, die niemals Bescheid wissen werden, zögern genau gleich, sehen dem Arzt ins Gesicht, ob sie es richtig machen, so ist es doch richtig?) manchmal erstarrt sie, wenn sie zu ihren Füßen den gähnenden schwarzen Plastiksack (ja, richtig, das ist der Abfalleimer, aber nicht da hinein wird) *bin Doktor Sachs, ich werde den Eingriff bei Ihnen vornehmen* (operieren, exekutieren, praktizieren. *»Praktizieren: (1314) Wenn jemand ein Gewerbe ausübt und das Wissen und den Umgang mit den geeigneten Mitteln beherrscht ...«* Aha, Sie sind ein praktizierender ...?) *es Ihnen erklärt?* (Leerer, unruhiger Blick, maskenhaftes Lächeln oder verzerrte Züge, während sie die Beine hebt, sich einrichtet, sich zurechtschiebt, sich plaziert, sich hinlegt, und tun Sie die Beine dahin, legen Sie sie in die Beinstützen, diese Skai-Polsterung ist ja so bequem! Vorausgesetzt natürlich, es gelingt uns, sie Ihnen passend einzustellen, diese verflixten Schraubengelenke zu lockern, sie zu drehen, damit Mmmgnnhnn! das Fett der Schenkel nicht überhängt (die Molligen, die Dicken, die Fetten, die richtig Übergewichtigen) *Kommen Sie, ein bißchen näher an den Rand Sie sind zu weit weg die Gesäßbacken genau am Rand noch ein Stück, nochnwinzigesbißchen gut so in Ordnung!* (Die Schenkel wie Nackenrollen, und unten an der Hafeneinfahrt zwei Wülste, die den Zugang zu den Geschlechtsorganen verbergen dürften (die schon vorhanden sein werden), die Spekula immer zu kurz, zu knapp, nie können sie all die Falten von schlaffem Fleisch beiseite schieben und die Tiefe freilegen, wie zum Teufel kann Monsieur (wenn er da ist, schweigend da sitzt, oft klein und kahlköpfig, wenn du ihn anpustest, fliegt er aus dem Fenster davon, und das ist gar nicht komisch in dieser Situation, obgleich man sich fragt, man sich Gedanken macht, man sich wundert), und im übrigen, welches Instrument könnte durch welches Wunder ausreichen, das zu füllen? Ebenso wie in drei Minuten die plastikverkleideten Finger sich in der gigantischen Höhlung verirren werden, werden sich sogar die Sonden gleich bis zum Anschlag versenken, in der Unermeßlichkeit verloren mühelos mitten ins Nirgendwo gleiten; wer kann wissen, ob es da Ufer gibt, wer kann feststellen, ob noch was übrig ist, und das Kratzen wird nicht wahrzunehmen sein, nicht mal abzulesen auf dem Mondgesicht, denn sie vereinnahmen alles in ihren Rundungen, sie absorbieren alles, die Vibrationen, die Bewegungen der Sonde, sie schlucken sogar den Schmerz) ihr von ausgebreiteten Haaren umrahmtes Gesicht (und die Mageren, die Spindeldürren mit den langen, dünnen, fast zerbrechlichen knochigen Beinen, Geschlechtsteil am Rand des Behandlungsstuhls genau über der schwarzen Öffnung des Plastiksacks, Damm wie ein blindes Gesicht mit gespitzten, manchmal zerknautschten, fast ausgetrockneten Lippen, wenig Haaren, grauer Haut, hat nichts mit dem Ziel von Verlangen zu tun, als ob der Untersuchungsstuhl ihr diesen Status von Fleisch, Knochen und Haut gäbe, Achtung, Vorsicht mit der Spitze des Spekulums, sachte, das kann weh tun, das spannt sich, verkrampft sich, die Sehnen wie Kabel an der Innenseite der Schenkel, das Becken, das sich hebt, selbst wenn sie keinen Ton von sich gibt, selbst wenn das Gesicht blaß wird) sieht dich mit einem verlorenen Blick an.

Der Mann, wenn er da ist, hat sich auf einen Stuhl gesetzt, zwischen Tisch und Fenster, oder bleibt stehen, eine Hand auf dem Skai, das Knie an ein verchromtes Bein gelehnt.

A. kommt jetzt auch herein. Sie geht zu der Frau, nimmt ihre Hand, schaut dich an *Madame S... ist ein bißchen aufgeregt,* beugt sich zu ihr, lächelt *Das ist ganz verständlich.* Der Frau rutscht es schließlich manchmal heraus *Tut es weh?* (O ja. Selbstverständlich tut es das, und wie! Kneift vielleicht nicht so sehr auf dem Untersuchungsstuhl, sondern gleich danach (bei mörderischem Reißen, Eis drauf und Schmerz verbeißen) oder später, dieser Tage jedenfalls; außerdem hat sie vielleicht schon einiges mitgemacht, schon oft geweint, die Eingeweide verkrampft, wie Wäsche, die ausgewrungen wird, schon Schwierigkeiten gehabt einzuschlafen in den letzten fünf, zehn, fünfzehn Nächten seit, denn die gespannten Brüste taten weh, oder die geborenen Kinder, die so lebendigen Quakfrösche weinten nachts nicht weniger, oder dann die Furcht, daß man was sehen könnte, die absurde Furcht, daß man es ihr am Gesicht ablesen könnte, als ob die Augen es preisgäben, als ob man es sähe wie die Nase, als ob) *aber das hängt von den einzelnen Frauen ab. Auf alle Fälle dauert es übrigens nicht lan-*(jawohl. Im Prinzip jedenfalls)

– *Wann hatten Sie Ihre letzte Regelblutung?* (Es ist nicht das einzig Wichtige, sicher zu sein, daß man es ist, es darf auch nicht schon zu weit sein, zu weit entwickelt, deshalb muß bewertet werden. Mit den Fingerspitzen drinnen, mit der flachen Hand draußen: die Kugel, kleine Zwetschge Orange oder Pampelmuse (hübscher Obstsalat, hübsche taube Nuß von Metapher) längliche Ananas oder so große Wassermelone, daß man sie unter der Haut sich wölben sieht, wenn sie liegt)

– *Zweiundzwanzigster Februar, die wievielte ist das?* (Das muß alles hinkommen, es muß so aussehen, als ob es ginge (wenn es soviel ist), die dicke Kugel darf trotzdem nicht zu dick aussehen, auf die Gefahr eines untröstlichen Blicks betrübten Seufzers hin: *Ich glaube, wir müssen eine Ultraschalluntersuchung machen, Ihre Schwangerschaft scheint mir ziemlich fortgeschritten, hat Ihr Arzt Sie nicht untersucht?* Leerer Blick der Frau, Anspannung bei Monsieur:

– *Nein. Warum? Hätte er das müssen?*

So viel leichter, die Verantwortung auf den Abwesenden zu schieben. Es ist ja nicht Ihre Schuld, wenn Sie nicht früher begriffen haben, daß die drei schwärzlichen Tropfen im Slip vor anderthalb Monaten nicht normal waren, daß zwei Nummern größer beim BH, daß die Kilos auf der Waage und der fürchterliche Heißhunger einen Eindringling anzeigten. Es ist nicht die Schuld vom Onkel Doktor Sachs, daß er nicht der liebe Gott ist *Es gibt da ein Gesetz, wissen Sie,* und gezwungen, es zu Hilfe zu rufen und es Ihnen gegenüber anzuwenden, na gut, sicher, manchmal geht man... darüber hinweg. Manchmal tut man tatsächlich so, als ob die Kokosnuß eine Pampelmuse wäre und nalosdoch die Stifte gleiten *einmal Nummer acht bitte* oder sogar *Geben Sie mir doch gleich eine Saugkürette Nummer neun,* denn wir müssen es dir nun mal rausholen, das Kerlchen. Aber manchmal ist eben nicht der rechte Moment, nicht die rechte Lust, nicht die Kraft, dann *Tut mir sehr leid... Sicher, wenn die Ultraschalluntersuchung uns zeigt, daß der Termin mit der legalen Frist übereinstimmt, kein Problem. Dagegen)* über Zeige- und Mittelfinger der rechten Hand gestreift, du hast die derart überzogenen Finger in das mit durchsichtiger Flüssigkeit gefüllte Gefäß getaucht.

Du wendest dich jetzt wieder der Frau zu (nie begriffen, warum man sie frontal untersucht in den Büchern in den Vorlesungen auf den Stationen, warum man lehrt, daß man so, zwischen den Beinen, in sie eindringt, den ganzen Körper zwischen den Schenkeln, wie der Mörder, der sich direkt nähert und Ihnen den Lauf der Knarre durch die Tasche des Wettermantels hindurch in die Rippen drückt und Sie am Ärmel festhält, keine Bewegung oder.

Nie so gemacht.

Immer so gemacht wie Lance: er trat aus dem Zirkel der gespreizten Beine, ging um den Untersuchungsstuhl herum, stellte sich an ihre Seite, schaute sie lächelnd an, während er behutsam *Pardon* das Nachthemd anhob, das sie so tief wie möglich heruntergezogen hatte, legte ihr die nackte Hand auf den Bauch, bevor er die plastikumhüllten Finger da unten zwischen die Schamlippen gleiten ließ, nahm den Knubbel, den Knollen, die Kugel sacht, sanft zwischen die Finger, wie um sie emporzuheben, einen Kelch, einen Sakralgegenstand ...

Seitdem immer genauso gemacht, zum Andenken an ihn, wie er sich vorbeugte, sich fast auf den Bauch der Frau legte.

Aber Lance war kein Gebärmutter-Spezialist wie dieser andere Armleuchter auf seinem Podium, der ein echter Professor war und am Mikro lutschend bildhafte Beschreibungen gab *Den schimmernden Haaren, den schwellenden Lippen im Gesicht* (südlicher Dialekt, schmieriger Ton) *entsprechen die hübsch feuchten Schamlippen der gut geschmierten Geschlechtsorgane* (Pfeifen der Studenten) *vermit-*

tels einer aus-ge-wo-ge-nen Östro-gen-Stimulation. Den verkniffenen Lippen und dem straffen Knoten (fettes Lachen) *entsprechen trockene Schamlippen eines Hormonmangels. Meine Herren, es läßt sich alles über die Empfängnisfähigkeit der Frau an ihrem Gesicht ablesen...*

Verbogen. Verderbt. Das kann doch nicht so lange im Gedächtnis bleiben, daß es immer noch wieder hochkommt und einem in den Ohren braust, an der Haut klebt wie ein Fliegenfänger; nach fünfzehn Jahren sind die Bilder, die Worte immer noch da, die einen geräuschvoll aufstehen und türeschlagend das Auditorium verlassen ließen, weil es unerträglich war, das anzuhören, nicht auszuhalten, wenn du gerade herkommst von, wenn du es endlich gewagt hast, wenn die Struktur, die Farbe der Haut, die getrockneten Flecken auf dem weißen Bauch, die Feuchtigkeit, das Erstarren, diese wunderbar neue, wunderbar scheue... und dann solche Säue... Nein, wirklich, wenn man dann Lance gesehen hat, so respektvoll, so behutsam, *einfach sich neben sie stellend) Pardon* das untere Ende des Nachthemds angehoben

Mit einer Hand tastest du. Mit der anderen bewertest du.

Endlich richtest du dich wieder auf, und je nachdem, was du festgestellt hast, murmelst du *In Ordnung* (ja, wenn sie nicht zu weit nach hinten verlagert ist, nicht so dick, daß man nichts mehr fühlt, nicht so weit weg, daß man nicht weiß, was man da berührt, nicht so stramm wie eine Ziegelmauer, nicht so weich und kindlich, daß man (16 Jahre nie untersucht, vielleicht der erste *Beischlaf* und zack! schon bist du dran, meine Hübsche, bist zugleich entjungfert, geschwängert, gynäkologisch in Stellung gebracht, durchwühlt und bald ausgeputzt. Der

*Haus*arzt hat es klugerweise vermieden, dich liegend genauer zu untersuchen, es ist also Onkel Doktor Sachs, der dir den ersten Fingerling einführt, und der) nicht wagt, durchzudringen, bis zum Ende vorzudringen, weil man Angst hat, dem kleinen, noch engen Geschlechtsorgan weh zu tun ...

... und wenn es nicht wie vor ein oder zwei Jahren bei der kleinen schweigsamen Blonden ist, die von ihrer Mutter in die Sprechstunde gebracht wurde *Sie hat seit zwei Monaten ihre Regel nicht gehabt.*

Und der naive Onkel Doktor: *Wie alt sind Sie, Mademoiselle?* Und die Mutter: *Sie wird Ihnen nicht antworten, sie ist behindert; sie geht ins medizinisch-pädagogische Institut. Sie ist fünfzehn.* Und der Onkel Trottel Doktor läßt sie sich ausziehen und schaudert, als er ihre schweren, von blauen Äderchen durchzogenen Brüste entdeckt und vor allem die erschreckende stille Passivität, mit der sie sich, ganz leicht, von den Fingern penetrieren läßt, ohne Schmerzen, ohne Aufhebens. Nein, nein, nicht weil der nette Arzt ihr mit beruhigenden Worten die Befangenheit genommen hätte, das nicht. Es war mein Gott vielleicht ganz einfach die Macht der Gewohnheit, des Gewöhntseins daran, daß Finger oder mehr da durchkamen. Und der einfältige Onkel Doktor, der wie die Katze um den heißen Brei schleicht: *Ich frage mich ich glaube ich habe den Eindruck mir scheint ich fürchte daß Ihre Tochter schwanger ist.* Und der leise Seufzer der großen runden ganz in Schwarz gekleideten Mutter: *Das wundert mich nicht. Mein Mann kümmert sich um sie.*

... kurz, wenn alles gut geht, nichts Ungewöhnliches, weiß man, ob es hinkommt oder nicht. Manchmal weiß man auch nichts. Aber man sagt sich, daß es gehen müßte, und macht sich dran, auf Teufel komm *rein,* wir werden ja sehen (Blick zu A., die der Frau die Hand hält), bis wohin die Stifte (Kopfbewegung, Nur zu ich kümmer mich um sie) uns führen werden *(Es werden Wettermäntel in dem Werk in S. hergestellt, ist das richtig?),* und schon geht es los!) zum Ende des Untersuchungsstuhles.

Du ziehst den fahrbaren Instrumententisch zu dir heran.

Alles ist da, in Reichweite.

Die Gegenstände und die Handbewegungen, natürlich, aber auch die Geschichten.

Du brauchst dich nur ans Schreiben zu machen, und es läuft. Es fließt nur so an der Spitze des wispernden Füllers. Es fügt sich auf dem Papier zu Zeilen. Du brauchst es anschließend nur noch durch die Schreibmaschine zu sieben, damit es kristallisiert, damit es Form annimmt.

Alles ist da.

Die feuchte Vorfrühlingswärme, wenn im Krankenhaus noch geheizt wird. Die Farbe des Behandlungszimmers, wenn die Fensterläden geschlossen sind.

Das Geräusch der Klingel.

Die Gereiztheit, wenn ein Eingriff länger und länger dauert und G. mitteilt, daß noch zwei weitere Frauen unangemeldet eingetroffen sind.

Der Sommer. Wenn du in der Abwesenheit der anderen drei-, viermal die Woche in die Abteilung fährst, um sie zu vertreten.

(Die Honorarabrechnung für September.)

Das Läuten des Telefons und die Stimme von A.:

– *Bruno? Wir warten auf dich.*
– *Aber heute ist Donnerstag ...*
– *Ja, aber es war vorgesehen, daß du heute kommst, du weißt doch, D. ist im Urlaub ...*

Jeden Sommer ist dein Kalender voll von Erinnerungen an diese zusätzlichen Abtreibungen. Jeden Sommer vergißt du eine.

Die Eingriffe unter Vollnarkose.

Die machst du fast nie. Außer eben im Sommer.

Das ist nicht vergleichbar mit dem, was dienstags geschieht. Die Frauen schlafen schon fast, wenn sie in das wieder hergerichtete kleine Behandlungszimmer gefahren werden. Sie sind nackt. Festgebunden, die Arme über Kreuz. Die Brüste flach ausgebreitet. Man klebt ihnen Elektroden auf die Brust. Der Anästhesist drückt ein paar Tropfen aus einer Spritze in ihre Infusion, und bald schlummern sie.

Du hast es nicht gern, wenn sie schlafen. Du hast das Gefühl, ein Verbrechen zu begehen. Gegen ihren Willen zu handeln. Übrigens fragen sie nur nach den Narkosen, ob man wirklich alles ausgeräumt hat. Ob du sicher bist.

(Der Seufzer, den sie unter der Maske ausstoßen, wenn man sie ruft. *Madame T. ... Wachen Sie auf, wir sind fertig!)*

Die Frauen, die du von Anfang bis Ende siehst (es sind nicht sehr viele. Von einer Beratung über den Eingriff zur nächsten Beratung kann es ihnen passieren, daß sie auf drei verschiedene Ärzte treffen), wie diese blonde junge Frau: Du hattest sie an einem Dienstag zur Beratung gehabt. Sie suchte sich ihren Weg zwischen zwei Männern und ihrer Karriere, und nun dieses Ausbleiben der Periode. Am folgenden Donnerstag hast du dich beeilt, wieder ins Krankenhaus zu kommen. Du sahst sie kommen, als du, schweratmend, deinen Kittel anzogst, und als sie auf den Untersuchungsstuhl kam:

– *Ich glaubte nicht, Sie wiederzusehen; ich hatte vergessen, daß ich heute kommen sollte.*

– *Ach ja? Ich habe immer geglaubt, daß Sie es sein würden ...*

Während des Eingriffs suchtest du nach ihren Augen. Sie waren von zwei auf die Lider geklebten Pflastern verschlossen. Aus ihrem Mund kam obszön der Intubationsschlauch. Deine Bewegungen waren nicht die gleichen, weil der Körper, an den du die Hände legtest, nichts von deiner Gegenwart wußte. Du hattest in dir ein heimtückisches Unbehagen entdeckt bei dem Gedanken, daß sie nichts spürte.

Ein bißchen später hast du schnell deine Schritte zu dem Raum gelenkt, wo sie zusammen mit einer ungefähr gleichaltrigen brünetten Frau lag. Sie waren dabei, sich anzufreunden. Ihre Unkenntnis dessen, was der Eingriff gewesen war, ließ Bewegungsfreiheit für all das, was ihr Leben außerhalb dieses Nachmittags ausmachte. (An diesem Donnerstag war die dritte Frau eine verbrauchte und plumpe Bäuerin. Auf deine Anweisung hin hatte man sie in den anderen Raum gelegt.)

Du hattest längere Zeit bei ihnen verbracht. Die Fensterläden waren geschlossen, es war August und sehr warm. Die andere, die Brünette, erzählte, daß sie Pferde züchtete; sie ließ sie aus Arabien kommen; sie hatte beschlossen, das Kind nicht zu behalten weil.

Die blonde junge Frau kam drei Wochen später zur Beratung wieder. Sie war beunruhigt, weil sie nach dem einen Monat Pille ihre Tage nicht bekommen hatte, sie wußte, das konnte vorkommen, außerdem hatte sie natürlich gesehen, daß ihr Test negativ gewesen war, und überhaupt fühlte sie sich nicht mehr schwanger, so wie drei Wochen zuvor.

Aber sie fühlte sich nicht besonders gut.

Ihr Bild ist dir lebhaft im Gedächtnis. Du siehst sie aus der Kabine kommen, siehst die drei Schritte auf Zehenspitzen zum Tritt, ihre von der abgebrochenen Schwangerschaft noch schweren Brüste, die schützende Gebärde, mit der sie sie zu verdecken suchte, als sie lag, abermals nackt, aber diesmal ganz dabei, das Schaudern auf ihren Schenkeln, als du das Spekulum hineinschobst.

Sie kam dann noch einmal, acht oder zehn Tage später, und fragte dich, ob es normal wäre, daß sie traurig sei *Dabei habe ich keinerlei Probleme, es ist ein bißchen ungehörig, daß ich mich beklage, wo ich doch allen Grund hätte, glücklich zu sein*, und vertraute dir den Verlust jeglicher Begierde seit jenem Donnerstag an, und das beunruhigte sie natürlich, und es beunruhigte auch ihren ... Freund. Er war so liebevoll, verständnisvoll, aufmerksam gewesen. *Wirklich prima, der Typ, wenn man bedenkt, daß er nicht der Vater war,* aber er verstand, er war ja so nett. Aber wahrhaftig, sie hatte keine Lust ... War das denn normal?

Während du sie mit der Vorstellung empfangen hattest, daß sie vor allem das Bedürfnis hatte, sich auszusprechen, bat sie dich, sie abermals zu untersuchen. Du warst ein bißchen überrascht, hast es aber getan, ohne dir etwas anmerken zu lassen.

Als sie das Untersuchungszimmer verließ, wollte sie ganz schnell, wie ein Geheimnis, wissen, *ob der Muttermund in Ordnung war.* Verdutzt hast du gestammelt

– *Aber Mademoiselle, in Ihrem Alter, zum Glück ja!*

Später erst (aber zu spät natürlich, sie war schon weg)

hast du begriffen, daß das vielleicht heißen sollte: Ist da eine Spur sichtbar, bleibt da ein Makel, ein Mal?

Es muß die Vollnarkose sein, oder die Hitze in dem Sommer, die dir zu Kopf steigt ... Noch heute denkst du melancholisch, daß du sie gern ...

Und dann sagst du dir, daß es schließlich vielleicht das problematische Nebeneinander von diesen so verwirrenden Gefühlen und deiner ganz ... *professionellen* Distanz gewesen ist, das es ihr erlaubt hat, wiederzukommen und mit dir zu sprechen. Eine Frau wie sie dürfte zu schätzen wissen, daß sich ein Mann, der sie begehrt, in der Gewalt hat.

Bestimmt.

Na ja, man tröstet sich, wie man kann.

Und dann jene ... Frau. Ihre Haare mit dem sorgsam erarbeiteten Glanz, eine gekonnte Komposition, die sicher nichts dem Zufall und auch nichts dem Friseur verdankte, sondern vielmehr der Kontrolle, die sie noch über die winzigste Geste haben mußte, über die kleinste Anwendung von Tönung oder Wasserstoffsuperoxyd. Du erinnerst dich nicht nur an die Farbe ihrer Haare, sondern auch an die ihrer Nägel. Lang, gepflegt, perlmuttschimmernd.

Und an ihre Hände, die sie vor sich hielt, wie um ihr Geschlecht zu erreichen, ihre Finger, die sich in den blonden und gelockten Haaren verwickelten und, einen Augenblick lang, fast die Schamlippen geöffnet hatten in einer unwillkürlichen Geste, während deine Hand hin und her fuhr, während ihr Körper und ihr Kopf sich hintenüberbogen, ihr Bauch sich hob und sie diesen langsamen Tanz mit einem langen, unterdrückten Stöhnen begleitete.

Du erinnerst dich nie an ihre Namen. Du behältst oft ihr Gesicht im Gedächtnis. Mehr oder weniger. Was du am deutlichsten behältst, sind ihre Geschichten. Die, die du miterlebt hast. Die, die sie dir erzählt haben. Die, die du später aufgeschrieben hast.

Die von der dunkelhaarigen, sehr sorgfältig geschminkten, sehr gut angezogenen Frau, die dreimal innerhalb einer Woche kam und Stunden mit A. und J. und mit dir sprach, weil sie nicht abtreiben wollte. Ihr Mann seinerseits wollte kein drittes Kind. Ihre Verzweiflung am Telefon, als sie schließlich anrief, um einen Termin auszumachen. Die Worte, die ihr herausrutschten: *Er hat gar kein Recht auf dieses Kind.* Das Schweigen, das du dir auferlegtest, um sie nicht zu fragen, was das heißen sollte.

Und die Turnlehrerin. Eine lange und muskulöse Frau, die mit einer gleichaltrigen Freundin kam. Ganz die »Frauensolidarität« der 70er Jahre, alle beide. Einander sehr nahe. Auf dem Untersuchungsstuhl hatte sie geschrien.

Hinterher, im Ruheraum, hatten sie dich fast angefallen, als du gesagt hattest, wenn man über Tubenligatur sprechen wolle, sei es ratsam, wenn ihr Mann anwesend wäre.

– *Soll das ein Witz sein? Meine Möse gehört mir! Was hat mein Mann darin zu suchen?*

– *Genau; ob Arzt oder nicht, ihr Typen seid doch alle gleich!*

Du hattest geantwortet, daß besagte Beratung ihnen gestatten würde, miteinander über Tubenligatur oder Vasektomie zu entscheiden.

Nach einem Moment der Überraschung hatten sie gelacht.

– *Ha, das wäre nicht schlecht, ihnen das anzutun, was?*

Sie hatten dich mit irgendwie finsteren Blicken gemustert. Du hattest mit heiterer Miene klargestellt, daß das nur unfruchtbar machen würde.

Es war Stille eingetreten wie bei Raubtieren, die einander beobachten. Dann war wie aus Ermattung die Aggressivität in sich zusammengefallen, ihr seid zurückgekehrt zu euren jeweiligen Rollen von Patientin im Bett, Freundin Hand haltend, Arzt Verordnungen unterschreibend.

Du erinnerst dich auch an die Frau, die taub und stumm war.

Und an die Frau, die eines Tages wieder zu dir kam, um zu fragen, ob sie in ihrem Alter, mit neununddreißig Jahren, noch eine Schwangerschaft ins Auge fassen könne *Klar vor drei Jahren paßte es gar nicht aber inzwischen ist mein Sohn zwölf deshalb wüßte ich gern ob es nicht gefährlich ist ob das kein Risiko gibt ob das nicht Folgen gehabt hat und ob ich noch kann …*

Außerdem, auch wenn sie auf den ersten Blick nichts mit all den anderen gemein hat, erinnerst du dich an die kleine Person, die eines Abends in Begleitung ihres Mannes und eines vierjährigen Jungen in Panik in deiner Praxis erschien, weil sie Blutungen hatte.

Als sie sich hingelegt hatte (du überwachtest aus dem Augenwinkel das auf den Knien seines Vaters sitzende Kind, um sicherzugehen, daß sie nicht guckten), hattest du ein Spekulum eingeführt, und da, im Lichte deiner Lampe mit Fußbedienung, war etwas aus dem Muttermund herausgeschossen, so schnell, daß du nur gerade noch eine Nierenschale ergreifen konntest, um es im Fluge aufzufangen.

Sie hatte ihren Embryo ganz allein abgestoßen.

Sie war vom Untersuchungsstuhl heruntergestiegen, hatte sich ruhig wieder angezogen, hatte deine betrübten Erklärungen angehört, ohne ein Drama daraus zu machen, ohne Tränen, ohne sichtbare Emotionen, höchstens in Eile, weil sie nach Hause wollte, gar nicht scharf darauf, wieder schwanger zu sein. *Nicht gleich. Ich hab gar keine Lust dazu.*

Mit einer Grimasse hatte sie sich den pausbäckigen Zügen ihres Gatten und ihres Sohnes zugewandt, zwei Ausgaben des gleichen Gesichts. *Vielleicht später, um ihm eine Freude zu machen. Aber nicht gleich.*

Als sie weg waren, hast du ihn herausgefischt. Aus dem Plastikabfalleimer. Den einzigen Embryo von zehn Wochen, den du jemals ganz gesehen hast.

Sie kommen haufenweise wieder, eine Geschichte nach der anderen. Nicht alle natürlich: es gibt soundso viele, die du völlig vergessen hast (eines Tages hast du eine Frau empfangen, den roten Aufkleber auf ihrer Akte bemerkt, die Brauen gerunzelt unter dem halb reumütigen, halb freundschaftlichen Blick, den sie dir zuwarf ... und erst eine Stunde später im Ruheraum kapiert, daß beim vorigen Mal du selbst es gewesen warst, der die Abtreibung durchgeführt hatte).

Du weißt, daß dein Gedächtnis selektiv arbeitet. Du weißt nicht wie. Du machst dir darüber keine Gedanken. Du läßt wiederkommen, was kommt. Du respektierst das Vergessen wie die präzisesten Erinnerungen.

Manchmal mischt sich mit dem Vergessen Wiedererkennen, dessen Echtheit festzustellen dir nicht gelingt.

Du begegnest auf der Straße Gesichtern von Frauen, die dir entfernt bekannt vorkommen, und wenn du sie zu identifizieren versuchst, stattest du sie mit einem Nachthemd mit verblaßten Blümchen und mit Knöpfen vorn aus.

Einmal, als du eine Limonade trinkend in der Sonne saßest und die Vorbeikommenden auf diese Weise umkleidetest, kam die Kellnerin und fragte, ob du noch Wünsche hättest. Du antwortetest, ein bißchen gleichgültig, nein. Sie blieb neben dir stehen. Endlich sahst du auf und erkanntest sie. Es war noch nicht lange her, daß sie in die Abteilung gekommen war.

– *Ah, guten Tag ... Ähm ... Geht es Ihnen gut?*

– *Ja. Man gewöhnt sich. Man denkt schließlich nicht mehr daran.*

(Von ihrem Bett aus hatte sie dich daran erinnert, daß sie in diesem Café arbeitete. Sie wissen ja. Nein, du wußtest nicht, oder vielmehr, du hattest diesen Zusammenhang nicht hergestellt, trotzdem hattest du geantwortet Ja natürlich.)

Als du gingst, nickte sie dir zu. Wie jemandem, den man ein bißchen kennt. Und du dachtest, daß doch etwas zweifach Wohltuendes in dieser fast wortlosen Begegnung steckte: weil sie dich in einer anderen Rolle als der des über ihren Bauch gebeugten Abtreibers im weißen Kittel zeigte, und weil sie dir eine Gelegenheit bot, wahrzunehmen, was sie im Leben darstellte, nicht einfach eine junge Frau, die sich hat begehren und dann entleeren lassen.

(Die jeweils neu auftauchende Geschichte läßt sich nicht mit der vorhergehenden verknüpfen. Ruft mit Sicherheit keine andere hervor. Manchmal mußt du warten. Und das, was dann endlich erscheint, ist nicht immer so aufschlußreich, wie du hofftest)

Und dieses Paar.

Sie im Begriff, sich scheiden zu lassen, *Diese Schwangerschaft kommt sehr ungelegen.* Von ihm nahmst du an, daß er ihr Geliebter wäre. Er war mit ihr hereingekommen. Er hatte tausendundeine Frage gestellt während deines Eingriffs. Als sie dann im Ruheraum lag, war er verschwunden und hatte einen Armvoll Blumen für sie und Pralinen für die Belegschaft besorgt. Während seiner Abwesenheit hatte sie ihn fast mit keinem Wort erwähnt. Dann, beiläufig: *Mein Arbeitgeber. Er hat mir sehr geholfen in der letzten Zeit.* Sie machte nicht den Eindruck, als sei sie sich darüber im klaren. Oder vielleicht hatte sie keine Lust, das zu zeigen.

(Von Zeit zu Zeit sind es nicht mehr die Geschichten, die da ans Licht kommen, sondern verworrene, geradezu schmarotzerische Gefühle. So der schwer zu beherrschende Wunsch, A. zu gestehen, was du zu schreiben versuchst, ein Wunsch, der belastet ist von dem Gewicht des wachsenden Texts in deiner Aktentasche, von der Manie, ihn überallhin mitzunehmen, bis in die Abteilung, ihn mit einer Drehung des lächerlichen kleinen Schlüssels einzuschließen, bevor du die Aktentasche auf den Stapel Kittel wirfst, um im Augenblick des Fortgehens festzustellen, daß das weiße Bändchen (durch welche Zauberei?) unter der Klappe aus Leder hervorlugt und den Gedanken nahelegt, daß du etwas verbirgst.

Der uneingestandene Wunsch, bekanntzumachen.

Und auch damit überziehst du das Papier. Um zu vermeiden, daß dich eines Dienstags die Worte verraten.)

Eine Mutter.

Als du ihre junge Tochter fragtest, ob sie betäubt werden wollte, antwortete sie an deren Stelle:

– *So weh tut es nicht ...*

Eine andere Mutter, mit von Bitterkeit entstelltem Gesicht. Als du dich bei der jugendlichen Tochter vergewissern wolltest, ob man ihr – *Ja, keine Sorge, ich hab es ihr erklärt. Ich hab ihre ältere Schwester vor zwei Jahren auch schon hergebracht.*

Und dann diese andere, aber war das wirklich die Mutter oder eine Tante, die die große Schwester spielte? Ein bißchen zu rundlich, ein bißchen zu stark geschminkt, ein bißchen zu jugendlich angezogen für ihr Alter, im rechten Ohr den gleichen Ring, den die jüngere im linken Ohr trug, wie sie auf die ganze in A.s Büro versammelte Belegschaft einredete und stolz verkündete, daß (ihre Tochter? ihre Nichte? ihre Schwester? ein Mädchen, das ein wenig beschränkt wirkte und verzückt lächelte, während die andere die Anwesenden dumm und dämlich redete) schwanger sei und ihr das ungeheuer Freude machte, weil sie selbst, nicht wahr, ja nicht mehr könnte, sie hätte ja eine Tubenligatur machen lassen, und folglich hätte sie sozusagen die zukünftige junge Mutter adoptiert (und den jungen Vater übrigens auch, sie lebten jetzt alle zusammen, als Familie), und was also (aus diesem Grunde seien sie nämlich hier) mußte man tun, um *diese Schwangerschaft offiziell anzumelden und alle Papiere zu besorgen?*

Das überraschte Schweigen, die Blicke, die getauscht

wurden, das nur sehr mühsam unterdrückte brüllende Gelächter, und du:

– *Es genügt, einen Arzt aufzusuchen.*

Ein bißchen zu trocken wohl doch.

Du befindest dich jetzt im Zentrum eines funktionalen Raums, der durch die einzelnen Elemente des Behandlungszimmers definiert ist.

Unbewegliche Elemente: hinter dir die Ablage, vor dir der Untersuchungsstuhl, zu deinen Füßen das mit einem schwarzen Plastiksack ausgekleidete Becken (ploff, ploff, machen die Kompressen eine nach der anderen, es regnet, es feuchtet durch, die Unterlage der vorherigen Frau, gefaltet und zur Maskierung über die Unebenheiten des (Hin)Eingriffs gedeckt, wird die folgende Frau nicht davon abhalten, sich zu fragen, was darin sein mag, wenn sie Platz nimmt; und wenn sie mit benommenem Blick nach den Schmerzen sich erhebt, stellt sie sich die Frage nicht mehr, sie weiß (oder glaubt zu wissen)

– *Kann ich mal sehen?*

– *Da ist nichts zu sehen.*

– *Sieht man gar nichts?*

– *Nicht wirklich. Wissen Sie, das ähnelt gar nichts, es ist mikroskopisch klein, es hat keine menschliche Form*

Oder wenn sie, lange vorher, kaum am Rand am Ende des Untersuchungsstuhls sitzt und ihr Blick auf die Assistentin fällt, die vergleichsweise spät die schmutzige Auffangflasche aus dem Gerät nimmt, ein bißchen Wasser hineinlaufen läßt, es kreisen läßt, um die Wände zu reinigen, bevor sie alles in die Tiefe des tiefen Abflußbeckens leert. Nein, nein, es lohnt sich nicht, hinzusehen, da ist nichts zu sehen, da ist nichts zu erahnen, da ist nichts zu erhaschen. Es ist eben schon ins Sieb gekommen, und von da ist es schon beseitigt, es ist nichts mehr da, es war nur eine früh're, es war noch nicht die Ihre) sieht die Assistentin, wie du dir einen kleinen Schuß Alkohol in die Handflächen (auf geht's, auf geht's, allgemeine Desinfektion liegt auf der Hand Auauauaaa! das brennt an den Fingern kleinen Schnitten ohne Wert kleinen Schrammen Kratzern in den Winkeln der Nagelbetten und Eijeijei! hier der Stich von widerspenstiger Heftklammer wollte gestern die Papiere nicht loslassen, Blut Wehweh Pflaster *Haben Sie sich verletzt, Herr Doktor?* das mütterliche Lächeln der Frau im Lebensmittelladen, als sie Geld herausgab) ziehst sie so an, wie man es dir beigebracht hat (Lance wieder, erster Tag als Famulus auf Station im Schlachthaus

– *Zieh dir einen vorn geschlossenen Kittel an und* (verfluchter Chirurgus) *Gummischuhe Käppi Maske Handschuhe und komm. Der Assistenzarzt ist krank, wir zwei operieren.*

– *Was? Aber ich*

– *Macht nichts du guckst zu und tust was ich dir sage. Ich weiß daß du redselig bist, aber taub bist du doch nicht, oder?*

und beeil dich, keine Diskussion! Ein Glück, daß die Operationsschwester mit dem freundlichen Lächeln *Warten Sie ich helf Ihnen* den sterilen Kittel anzuziehen. Erster Waffengang (und glaubte auch der letzte, schwor bei allen Göttern nie wieder Metzelei, nicht nach meinem Geschmack, tief ins gesunde Fleisch zu schneiden, lieber Zaubertränke Mesmerismus alles in Kopf und Händen) bei einem dicken Kerl (Dingsdalavsky. Weißrusse. Vierundachtzig Lenze, davon fünfundsechzig am grünen

Strand der Seine) voller in dem einzigen ihm verbliebenen Harnleiter verklemmter Steine. Da pißt nichts mehr. Dringend. Man schneidet und *Halt mal seine Niere. Nun hab doch keine Angst, die zerbricht nicht. Ich muß den Harnleiter weiter unten betasten. Er ist gut verpackt, unser Freund Lavsky. Aha, da. Was hab ich gesagt. Da sind seine Steine* die Niere hing am Ende einer langen Zange, die auf einer blauen Unterlage abgelegt war, während Lance das Röhrensystem ausputzte dann reparierte. Einfach so, ganz ruhig, mit nur einem pickligen Studenten, der für ihn die Zange die Kompressen den Spucknapf die Klappe hielt. Was für Zeiten! Außer den Narben von der Akne einzige Erinnerung an die Front. Warmgehalten ...) schnellen mit dem Schnalzen (Schlackh, schlackh. Das hübsche kleine Geräusch der Stulpen, die man über die Handgelenke streift, nie so hübsch wie nachher, wenn man sie auszieht. Ein bißchen eng diese Handschuhe *Sind Sie sicher, daß Sie mir die siebeneinhalb gegeben haben?* das auf der Platte liegende Spekulum (Hopp, mit einer geschickten Hand, und gleichzeitig mit dem Hopp mit dem Fuß links Komm her mein hübsches Instrumententischchen. Voorssicht Teppich, Filzpantoffeln anlegen frisch gebohnert) du tauchst sein Ende in die durchsichtige Flüssigkeit *(Schmie-ren, gut schmie-ren, damit es glitscht, damit es gleitet; das ist doch nicht schwer zu verstehen, Jungs, ich brauch Ihnen das wohl nicht weiter klarzumachen) Das ist kalt* (oft sind die Schamlippen ein bißchen klebrig, andere Zeiten andere Lippen, man schiebt sacht und schlupp! getroffen, der rosige, runde ovale oder spitze Krapfen gefunden, ohne auf Widerstand zu stoßen, ein Tröpfchen am Eingang wartet schon auf die Stifte. Aber oft muß man ein bißchen suchen, um ihn zu entdecken, weiter unten oder oben oder vorn oder sonstwo, also sperrt man auf. Nichts zu sehen?

Schließen, zurückziehen. Von neuem schieben, ein bißchen weiter da rüber: noch immer nichts zu sehen. Wo ist denn nun diese dämliche Zervix? Aha! *Können Sie bitte das Licht anknipsen?* über die Schulter weg *Ja, ein bißchen tiefer. Sehr gut … Ist schon ein Abstrich gemacht worden, Madame?* über das Spekulum weg *Einmal alle zwei, drei Jahre wäre gut)* Ich werde jetzt den Gebärmutterhals mit antiseptischer Flüssigkeit (mit dem Ende der Longuette angelt man auf der blauen Unterlage nach einer kleinen Kompresse, faltet mit den Fingern der linken Hand, schließt die Zange darum, Klick! Tränkt sie in Cétrimide. Läßt sie in den Tunnel gleiten. Über den Krapfen streichen. Ins Becken fallen. Zwei kleine Kompressen, drei kleine Kompressen. Zähle nie. Packungen mit vier sterilen. Immer zu viele oder zu wenig. Pinseln, säubern, reiben, es schäumt, es tropft auf den Grund der Höhlung, es badet die Basis des Krapfens. Und eine trockene zum Aufwischen. Und eine weitere, um klarer zu sehen … Oh! Schon keine mehr da … Und Flüssigkeit auch nicht?

Die Arme sinken. Der Blick wird betrübt.

– *Fehlt etwas?*

A. oder die Assistentin oder beide eilen, gießen aus der Flasche in die Schale, öffnen ein neues Etui mit Kompressen, und auf ein neues. Fünf kleine Kompressen, sechs kleine Gepreßte, die letzte dunkelrot tropfend von der Schale mit Bétadine, Vorsicht Augen Linoleum Hose … Daaa! In den Tunnel. Der rosige Krapfen errötet bei dem Streichen und Stricheln. Erledigt)

Du legst die Longuette wieder auf das blaue Tuch.

Du ergreifst jetzt die Kugelzange, die lange Stahlzange, die in feine Haken ausläuft, und schiebst sie durch das Spekulum.

– *Ich werde Sie gleich bitten zu hu*-(das ist auch so was: versteh nicht, warum es einigen weh tut und anderen nicht. Vielmehr, wieso kann das NICHT weh tun? *Der Gebärmutterhals, meine Herren, ist gewisser-maßen unempfindlich.* Wer's glaubt. Die klugen Herren und Mandarine, die da reden, sind keine Mandarinen, darum reden sie eben auch. Wär nicht schlecht (und ganz neuartig!), wenn eine Mandarine erzählte, wie es ist, wenn das Spekulum, wenn die Kugelzange, wenn das Mandrin des Hysterometers (nein, Monsieur, damit mißt man nicht die Tiefe der Neurose, sondern die der Gebärmutter) kurz, wenn sie berichtete, was sich ins eigene Fleisch schneiden heißt, statt in das einer anderen) schnappt mit einem scharfen Klicken ein (aufmerksam: *Haben Sie etwas gespürt?* Trocken *Es geht!* Klar doch! Dumme Frage. Wirst es nie wissen. Spürt weder Stahl noch Kompressen noch Säfte noch Zange. Tölpel! Sie würde gern die Achseln zucken, wenn sie dazu in der Lage wäre) *Ähm ... Ich werde jetzt die Dehnung vornehmen. Das könnte ein bißchen weh tun ...* (klammert sich ein bißchen fester an die Kanten des Untersuchungsstuhles, drückt die Hand von A. oder die der Mutter der Freundin etwas stärker. Des Typs. Wenn er da ist. Position wechselnd: Bleibt wie versteinert auf dem Stuhl drei Meter entfernt sitzen. Oder stehen, ohne sich zu rühren, neben dem liegenden Kopf. Oder mit den Händen in den Taschen, mit den Schlüsseln klimpernd. Manchmal eine Hand auf ihrer Hand auf ihrem Bauch. Oder aber sie ist es, die das Gesicht da oben sucht, ihn ruft, ohne etwas zu sagen. Der Kerl versteht oder versteht nicht. Selten, daß er sie wirklich hält, daß er sich über sie beugt, ihre Hand in seiner Hand fast an die Wange gehoben, den Arm um ihren Kopf gelegt. Nie so was gesehen. Doch, einmal. Er um die Fünfzig, sie fünfzehn Jahre jünger, aber mit grauen Haaren, als hätte sie sich ihm auf irgendeine Weise annähern wollen. Er über sie gebeugt, sie einhüllend, so dicht, so liebevoll, so bar aller beengenden Verschämtheit, so sanft, nur mit ihr beschäftigt; anfangs mit dem Mund in ihren Haaren ihr ins Ohr raunend, später ihre Gesichter einander die ganze Zeit zugewandt, wo ihre Münder sich fast berühren, während sie miteinander reden, als seien sie eins, kein Stöhnen, keine Bewegung von ihr, kein Schaudern, als ob sein Körper alles aufgenommen alles aufgesaugt hätte an Schmerzen an Kummer an Brummen, an obszönen Geräuschen. Und Bruno versteinert paralysiert Kloß im Hals sieht sie an, bewegt die verkrampfte feuchte Hand am Griff der Sonde nicht mehr, von einem erstaunten Blick von A. auf Trab gebracht *Stimmt was nicht?* nimmt schnell schnell das Hin und Her wieder auf, senkt die Nase vor Angst, daß sie etwas gemerkt haben könnten, aber nein: sie und er immer noch verschlungen außerhalb der Welt außer Reichweite, und die Sonde kam und ging leicht wider alle Erwartungen in Anbetracht des Datums, in Anbetracht des Umfangs der, in Anbetracht des Widerstands des Gebärmutterkanals gegen die Stifte gerade eben noch, und in Nullkommanichts, in weniger als drei Sekunden fertig *Danke,* die Sonde an die Assistentin; Pling! die Zange auf den Instrumententisch. Sie hielten einander immer noch fest, bis man ihr die Binde angelegt, den kleinen Schlüpfer übergestreift hatte. Dann trat er sacht beiseite, ohne fortzugehen, zarte Schamhaftigkeit intime Geste, wandte die Blicke ab, ohne sie loszulassen, schaute Bruno an, nickte, um zu sagen, Gut, das ist gut gelaufen, wie um ihn zu beruhigen …

Andere hören, ein bißchen entnervend, nicht auf, sich zu bewegen, zu gehen, zu kommen, umrunden den Tisch, ohne zu wissen, wohin mit sich (und warum nicht an die Stelle des Amtswalters, da wir schon mal dabei sind? Wollen Sie den Griff übernehmen? Wollen Sie hineinschauen, wie es da drinnen aussieht? Sie wissen es noch nicht? Wollen Sie das Vögelchen herauskommen sehen? Dich werde ich gerade unter dem Scheinwerfer hindurch Blicke werfen lassen. Bleib wo du bist, auf deinem Platz. Wenn du einen hast. Hier ist er jedenfalls nicht), ja, ein bißchen entnervend sind die. Nur Ruhe und Besonnenheit. Man tut sein Möglichstes als Profi, um sich auf das Ritual zu konzentrieren, und wenn sie zu nahe kommen (meistens geschwätzig außerdem, hören nicht auf *Was ist das? Was machen Sie jetzt da? Tut das weh? He, Chérie, tut das weh? Nein, noch nicht? Und jetzt? Sag, Chérie, und jetzt?)* ein bißchen zu nahe, dann in einem sehr trockenen sehr schroffen Ton (du bringst mich zur Weißglut, Freundchen) *Würden Sie* (befehlend) *die Güte haben* (schneidend) *in der Nähe Ihrer Frau zu bleiben?* (Ton auf Frau, vor allem wenn er *nur* ihr Galan Kumpan Scharlatan ihr Typ ist) *Danke!* Und die Frau, mit gekrümmtem Leib, Angst vor dem, was noch kommt, findet einen Weg – nur für den Bruchteil einer Sekunde, einen Atemzug –, ihm einen niedergeschlagenen rührenden Blick zuzuwerfen: er wird sich nie ändern; hebt dann den Kopf, zum Onkel Doktor zwischen ihren gespreizten Schenkeln, bewegt ihn von links nach rechts: Verzeihen Sie ihm ... Du: Aber natürlich, Madame, teilnahmsvolles Lächeln. Und das Schönste ist, daß dieses Zwiegespräch nicht immer nur stillschweigend in den Köpfen stattfindet) ziehst die Zervix zu dir *Atmen Sie tief ein* (Trick. Berufsgeheimnis. Man muß ihnen etwas zu tun geben, während man. Sie beschäftigen: A. zwischen zwei Fragen nach dem Job der kleinen Familie der Fahrt) *Tief durchatmen!* (Bruno schiebt den Stift) *Ja, genau, sehr gut* (ja, das heißt, wenn man entdeckt hat, in welche Richtung der Kanal verläuft. Die Öffnung mag ja gern klein sein, es kommt vor, daß es dahinter Biegungen gibt, und dann muß man aus dem Handgelenk spielen: man senkt, hebt, versucht den Weg zu finden ohne Gewalt, denn Gewalt heißt Riskieren heißt Provozieren heißt Perforieren *(– Hast du jemals perforiert? Du bist ein Glückspilz, aber irgendwann passiert es dir auch. – Woran man das merkt? – Ha! Das fühlt man, man fühlt es gut, weil die Sonde einfach durchgeht zum Teufel, und dann kommt keine Plazenta mehr, sondern Gedärm ... – Die? – Sie merken nichts! Unglaublich aber wahr. Du ziehst dich zurück, du hinterläßt alles hübsch sauber, und drei Wochen später nichts mehr, erledigt, niemand redet mehr davon. Sehr solide. Aber man kommt ganz schön ins Schwitzen, mein Alter, man kommt ins Schwitzen! Bloß nicht dauernd so was ...)* also Vorsicht, Väterchen. Wenn es ein Vierzehner war, den man in der Hand hatte, legt man ihn wieder ab, nimmt einen Zwölfer, versucht es noch einmal) *Also, atmen Sie ein!* (Mmmhh ...) *Tief atmen!* (... mmmja, er geht durch) *Sehr gut, noch einmal von vorn* (vierzehn) *Tief atmen!* (Da-ha! Gut, wieviel ist das jetzt? Komm her du Stift höher unter die Lampe, bis wohin reicht der feuchte Film auf deiner Gradeinteilung, welche Tiefe zeigt er an? Neun, zehn, das kommt hin, gut, noch einen) *Tief atmen!* (sechzehn)

– *Tief durchatmen!* (leicht die ersten drei Zentimeter, dann klemmt es, widersteht. Der innere Muttermund ist ein bißchen schwieriger zu passieren, enger, strammer, mit Fingerspitzengefühl muß man schieben, sich den Durchgang erzwingen, sofern sie neu ist (wenn es nicht die große Überraschung wird und die Stifte eindringen wie in Butter, verschwinden, ohne auf Widerstand zu treffen, als ob es nichts zu dehnen gäbe, nichts seitlich, nichts drum herum, und der Grund höllisch fern, aber nicht, als ob das gegenüber durchstieße, nein, das ist so geräumig da drin (wohin willst du denn, Alter?) und der 20er, der 22er, der 24er alle gleich, olala! So geht es ja nicht, auf was läßt du dich da ein?

Typische Grimasse von A. (wenn du nicht sicher warst, sie ist es):

– *Die Dehnung geht sehr leicht, scheint mir.*
– *Sie sagen es.*
– *Welche Tiefe hast du?*
– *Vierzehn, fünfzehn …*

Totenstille. Stille – was sollen wir tun.

Wir müßten es wissen, schließlich ist das unser Job. Zunächst mal, wenn wir sie hier annehmen, diese Frau, dann weil sie will, daß wir sie ausräumen, daß wir diesen unsichtbaren unbekannten unerwünschten Kasper zum Abgang zum Absprung veranlassen. Ja aber. Ja aber, warum hat sie erst so spät etwas unternommen, Herrgottmistsakrament noch mal! Daß der Stift nicht die ganze Höhlung auskundschaften kann weil sie so riesig ist, und was tun wir jetzt? Das Gesetz sagt zwölf Wochen (das heißt zweieinhalb Monate nach der Rechnung der Frauen, wenn sie einigermaßen wissen, argwöhnen, vermuten, sich ungefähr erinnern, sich ins Gedächtnis zurückrufen, daß etwa an dem und dem Abend in jener Woche *ist er auf Urlaub gekommen, hatte aber keine Präserv/ ist er nach dem Streit abgehauen und ich natürlich am gleichen Abend die Pille abgesetzt wozu auch aber am Vorabend noch/ sind wir in die Berge gefahren und meine Packung lag auf dem Nachttisch/ ich meine ich hatte seit Monaten mit keinem geschlafen Sie verstehen ich lebe allein und deshalb dachte ich nicht/ das muß in der Woche gewesen sein doch weil es war kurz bevor er wieder aufs Schiff mußte/ das war bestimmt zu dem Zeitpunkt ich wüßte nicht wann sonst und obgleich er doch aufgepaßt hat,* sie vergegenwärtigen es sich und sind sicher, daß) zweieinhalb Monate und keinen Tag darüber.

– *Ich kann mich nicht täuschen.*

– *Ja. Natürlich. Wir verstehen Sie durchaus, dennoch scheint es, als ob die letzte Regel, die Sie hatten, keine ganz richtige Regel gewesen ist. Sehen Sie, wir zählen nicht vom Augenblick der angenommenen Empfängnis, sondern von der letzten Regel an, die der einzige Anhaltspunkt ist, dessen man sicher sein kann, oder der zumindest leicht festgestellt werden kann. Vielleicht* (nur sie nicht zu sehr denken lassen, daß man sie für eine Lügnerin oder Idiotin hält) *war Ihre Regel beim letzten Mal ein bißchen anders als sonst?*

– *Nein. Überhaupt nicht. Natürlich kommt es vor, daß sie mal später kommt, daß sie stärker oder schwächer und gar nicht wie gewöhnlich ist, aber diesmal war sie bestimmt genauso wie gewöhnlich.*

Ehrlich oder nicht, was macht das für einen Unterschied? Der Stift klärt auf. Den Stift in der Hand sieht man Nuancen, wie sich das ausnimmt, Gestalt annimmt, sich entscheidet. In einem Mosaik von nebensächlichen Einzelheiten, manche davon auf der Karteikarte vermerkt, andere auf dem Gesicht von A., wieder andere in dem Brei von Gedanken von Erinnerungen von Überzeugungen von Meinungen von Prinzipien. Der Brei des Onkel Doktor. Weitermachen oder nicht weitermachen? In diesem Augenblick schaust du genau. Von neuem. Wie zum erstenmal. Das Gesicht. Der Mann oder die Begleiterin. Die Akte, oder vielmehr das, was du dir vorgestellt hast, als du sie lasest. Wie zum erstenmal hörst du die Worte, die sie gesagt hat. Du gehst alles noch mal durch. Du überprüfst. Du entscheidest. Souverän. Hübsches Gesicht warme Stimme oder unterdrückte Angst trockene Tränen furchtsame Miene ich bin in Ihrer Hand oder echte gespielte Unschuld ohne Halt ich wußte nicht ich kann nicht mehr ich liege hier ich erwarte Ihre Entscheidung. Oder auch passiv verstörter Blick versteht nicht daß man zögert fragt aber nicht, wartet kann sonst nichts tun, keine Wahl als zu warten laisser faire laisser décider, oder vielleicht ahnt sie nicht mal was den Weißkittel, der da sitzt, die Hände erhoben in Höhe Gesicht und Spekulum und Scham, treibt, sich A. zuzuwenden, mit nachdenklicher Miene die Handschuhe zu betrachten (Seufzen), die Ellenbogen in die Seiten zu stützen (neues Seufzen), sie wartet, daß er sich entscheidet, sie ahnt nicht (du brauchst weniger lange, dich zu entscheiden, wenn ihr Gesicht unerfreulich unangenehm unliebenswürdig ist, und das des Begleiters begleitenden Kerls dito, oder schlicht nicht sympathisch, oder wenn einfach kein Funke überspringt, sie nicht da ist, abwesend, als ob sie gerade zum kleinen Kundendienst käme, sie sieht dem Autoschlosser bei der Arbeit zu und wartet, daß es soweit ist, oder alle beide agressiv beim Eintreten, als ob sie auf das, was sie hier erwarten, einen Anspruch hätten. Dann brauchst du nicht so lange, bis du mit einer halb verkniffenen, halb Das-war-zu-erwarten-Grimasse aufstehst und schlackh, schlackh, flopp die Handschuhe in das Becken *Ich bedaure, aber erst muß eine Ultraschalluntersuchung gemacht werden. Es ist schwierig, den Eingriff zu machen, wenn man nicht genau weiß, wie weit fortgeschritten die Schwangerschaft ist.* Kruiickk und plink, das Spekulum auf die blaue Unterlage des Instrumententisches. Übergabeblick zu A.: *Man wird Ihnen viel zu trinken geben und einen der Gynäkologen bitten, daß er Sie sehr schnell drannimmt.* Keine Zeit zum Protest lassen, sie fragen zu lassen, ob, trotz allem was die

Ultraschalluntersuchung zeigt, man schließlich. Will es nicht wissen.

A. bringt sie in einen der Ruheräume, wo die Frau ihr möglichstes tut, die eineinhalb Liter Flüssigkeit aufzunehmen, die, *indem sie eine ausreichende Füllung der Blase bewirkt, die optimale Darstellung der Gebärmutterhöhle bei der Ultraschalluntersuchung erlaubt.* Basta.

Diesmal wird nicht lange gefackelt: Wir machen es nicht.

Keine Lust.

Es ist anders, wenn etwas an ihr dich berührt hat, als sie eintrat. Der Stift ist bis zum Anschlag drin, und du fragst dich, ob trotz allem. Du gehst mit dir zu Rate. Du zögerst) ahnt nicht eine Sekunde lang, weiß nicht wird nie wissen, daß es in diesem Kopf über dem weißen Kittel. Daß das nichts mit der Frist zu tun hat. Oder dem Gesetz. Nur mit dem Wetter bei der Ankunft, dem inneren Barometer, dem mehr oder weniger entspannten Magen, dem mehr oder weniger von den ewigen Gründen zum Klagen befreiten Geist. Nichts als dem. Und dem Blick von A. Und den stummen oder eindeutigen Hinweisen vor dem Eintreten vorhin auf dem Gang *Diese Frau ist ein Sozialfall. Wir kennen sie gut. Es ist wirklich nicht ihre Schuld. Es ist wegen* oder auch *Sie hat neulich lange Zeit mit mir gesprochen, ihre Geschichte ist nicht so einfach, sie hat gerade eine sehr schmerzliche Scheidung hinter sich und.* Immer sehr gute Gründe. Aber die Gründe sind in A.s Mund immer gut. Sagt die Wahrheit. Ermißt mit Fug und Recht. Weiß. Fühlt. Läßt fühlen. Vertraut. *Mach du was du willst, Bruno.* Manchmal ist das wie du willst auch das was sie. Und wenn A., eine Frau, glaubt ... Der nette goldige Bruno *Na gut, also weiter, geben Sie mir einen Achter* und auf geht's), wenn es nur zehn zwölf Tage Verspätung sind, gibt es

Widerstand, man muß ein bißchen drängen, bis zum Gefühl von Zerreißen, von Durchkommen, und manchmal dem kleinen Schrei oder dem Ruck des Beckens. *Ja, das tut weh. Das ist, weil die Schwangerschaft so jung ist).* Manchmal zuckt die Frau zusammen. Das hängt von den einzelnen Frauen ab.

Du ziehst den Stift wieder zurück. Du hebst ihn dir vor die Augen, du hältst ihn ins Licht, um die Spur von Feuchtigkeit zu sehen (der Tiefen, Säfte der Körperhöhle, Speichel eines winzigen Mündchens, und aus dem Augenwinkel am Ende des metallenen Tunnels im Licht der Lampe beginnt ein Tropfen, ein Fragment, ein dickflüssiges Etwas hervorzuquellen, will heraustreten nach dem Eindringen Einfallen des Stiftes) zwei oder drei Stifte mit zunehmendem Durchmes-*(Je schneller du erweiterst, desto besser ist es für sie, weißt du* und bei jedem Durchzwängen ein Zusammenzucken, ein Stöhnen oder einfach ein stärkeres Versteifen oder sogar manchmal nichts, die nichtssagenden Worte der Unterhaltung mit A. und schließlich). Du stehst auf, mit dem Fuß schiebst du den Schemel weg *Das Schwierigste haben wir hinter uns,* du drehst dich um, du nimmst den Schlauch, der sich an dem Absauggerät befindet.

– *Eine Siebener?*

– *Mmmhh* (sskraatsch reißt sie auf, sswiijk stellt man ein, man peilt, zielt auf die inzwischen ein bißchen weniger punktförmige Öffnung, man setzt auf, pwwft schiebt mit einer kleinen so notwendigen Drehung des Handgelenks: das Ende der Sonde hängt anfangs ein bißchen) *Ich führe jetzt die Absaugsonde …* (Genau, so ist es richtig. Blick auf das Gesicht, die Hand, die A. hält, den Begleiter oder die Freundin, Zug an der Kugelzange, Hand der Assistentin auf dem Schalter, große Inspiration tiefes Einatmen)

– *Stellen Sie an.*

Das Gerät beginnt zu brummen.

Trotzdem, es reichte nicht, Schere, Klebstoff, eine Schreibmaschine und weiße Blätter einzusetzen, um alles in eine Form zu bringen. Was du da unternommen hattest, war zu wichtig, als daß es wie irgendein anderes Werk hätte zusammengebaut werden können.

Eine angemessene Unterstützung für deine Arbeit war notwendig: schönes Papier, gediegen und mit edler Struktur, auf das nur die richtigen Worte sich niederzulassen wagen würden, auf dem nur die echten Empfindungen sich ausdrücken könnten. Mit einem tadellosen Füller gewappnet, führe deine Hand unter einem musikalischen Wispern über die Seite, schriebe die aus deiner Erfahrung hervorgegangenen Sätze ohne Kleckse und Schnitzer und gäbe nicht auf, weder unter der Wirkung von Erschöpfung noch unter dem Einfluß eines Schreibkrampfes.

Die Tinte wäre von klarstem Blau. Sie durchnäßte das Papier nicht und ließe sich ohne Mühe löschen – obwohl es dir unwahrscheinlich schiene, daß du was auch immer in deinem Manuskript zu löschen haben würdest.

Die im Laufe der Arbeit sorgfältig numerierten Blätter würden einen stolzen Stapel bilden in dem Maße, wie die Rohfassungen, Vorstufen und Skizzen den Papierkorb füllten oder das Kaminfeuer nährten ... oder vielleicht nur schliefen in einem speziell diesem Gebrauch gewidmeten Aktendeckel. Es war, bei genauerer Überlegung, nicht ausgeschlossen, daß deine Rohfassungen später einen unschätzbaren Wert erlangten.

Du wußtest natürlich, daß das Manuskript, so schön auch das Papier, so regelmäßig auch die Schrift sein mochte, nicht unverändert einem Verleger zur Beurteilung überlassen werden konnte. Solltest du deine Arbeit tippen lassen? Nein, das Risiko, sie von fremden Händen entstellt zu sehen, war zu groß. Du beschlossest also, dich selbst darum zu bemühen. Du würdest dich, wenn es soweit war, auf einem dieser elektronischen Geräte damit befassen – Keyboard 102 Tasten mit separatem Zahlenfeld, Bildschirm bernsteinfarben, Festplatte 40 Megabyte plus Floppylaufwerk, Möglichkeit zur externen Vernetzung, Zwei-Zylinder-V-Motor mit obenliegender Nokkenwelle –, von denen du jeden Monat die verlockendsten Beschreibungen in Spezialzeitschriften lasest. Du würdest das leistungsfähigste der neuesten Textverarbeitungsgeräte bedienen, eins, das die Essays, die Aufsätze, die Romane zu Papier bringt, wenn du nur das richtige Schlüsselwort eingibst. Endlich brächtest du deinen Text auf dem höchstentwickelten Schnelldrucker zur Welt; so wäre das aus deinem Geist geborene Werk vom ersten Jet-Buchstaben an bereit, dem Drucker anvertraut zu werden – nach seltenen und bescheidenen Nachbesserungen in letzter Minute.

Von diesem Trugbild erfüllt, verwandtest du deine freien Minuten oder die einem flexiblen Zeitplan gestohlenen Stunden darauf, durch die Warenhäuser zu streifen, auf der Suche nach den Hilfsmitteln und Instrumenten, die es dir erlauben würden, den sauber geschriebenen Teil deiner Arbeit zum Erfolg zu führen. Du nutztest die Gelegenheit, um mit den Geräten zu liebäugeln, um die Techniker über die Vorteile des einen im Vergleich mit einem anderen auszufragen, um aus den Händen lächelnder junger Frauen die vielfarbigen Prospekte auf Hochglanzpapier entgegenzunehmen, die noch einen weiteren Aktendeckel schwellen ließen – dem »Instrumentarium« vorbehalten –, und die Verwirrung deines Geistes vergrößerten.

Du wandertest durch die Straßen und dachtest an das herrliche Werk, das du hervorbringen würdest, sobald all diese Hilfsmittel zu deiner Verfügung stünden.

Aber früher oder später fandest du dich am Tisch wieder.

Die jungfräulichen Hefte, die Bündel von Schreibstiften und die aufdringlichen Werbungen blähten deine Taschen und bedeckten den Teppichboden, aber die langsam gesammelten Worte lagen vor dir und sahen dich an, unverändert, seit du das letzte Mal mit irgendeinem Bleistiftstummel auf die Rückseite eines aufgerissenen Umschlags geschrieben hattest.

Und das, was du sahst, waren nur Bruchstücke, weil die Momente des Schreibens in deinem Leben nur vereinzelte Augenblicke waren.

Du hattest tagsüber während der Pausen geschrieben. Zwischen zwei Konsultationen. An den Abenden ungesicherter Ruhe. An regnerischen Morgen, bevor du aus dem Wagen stiegst. An einem Tisch im Café nach einer schwierigeren Behandlung als sonst.

Du mußtest erkennen, daß noch alles zu tun blieb. Du warst schon im voraus ausgepumpt, und keiner der vielen bunten Schreibstifte, keines der leinengebundenen Notizhefte, keines der elektronischen Phantasiegebilde, auf Fotos von glänzenden Dingen hin errichtet, nein, keine dieser Kriegslisten vermochte etwas dagegen.

Die schönen Arbeitsmittel reichten also nicht. Du benötigtest auch einen Ort und Zeit. Du mußtest dir einen Schlupfwinkel suchen. Ein Refugium, in dem du ohne Beeinträchtigung, ohne Störung, ohne Unschlüssigkeit, ohne falschen Schein arbeiten konntest. Den vollkommenen Zufluchtsort, nur dir allein zugänglich. Ideal wäre es, wenn es in deinem Haus ein geheimes Zimmer gäbe, in dem du dich verstecken könntest, ohne daß dich dort jemand fände; wenn du verstohlen verschwinden könntest, ohne dich blicken zu lassen. Wenn von außen das Haus ganz leer, ganz verlassen schiene. Wenn niemand wüßte, daß du da arbeitest.

Du hättest dort einen glatten Schreibtisch zur Verfügung, auf dem man sich gern aufstützt. Einen Stuhl, der deinen Rücken, deine Schenkel nicht an die schmerzhafte Wirklichkeit der Gelenkversteifung erinnerte. Eine Lampe, unter der alle Worte gehaltvoll würden. Nichts würde dich ablenken, weder das Läuten des Telefons, noch ängstliches Klopfen an der Tür, noch regelmäßige Mahlzeiten. Nur die Katze hätte Zutritt. Die meiste Zeit würde sie schnurrend auf dem Sessel verbringen, käme aber, sich auf deine Arbeit zu legen, wenn es Zeit zur Ruhepause wäre.

Du schriebest täglich von 7.30 bis 13.00 Uhr und von 14.15 bis 23.00 Uhr. Du würdest einen sorgsam ausgearbeiteten Plan bis aufs I-Tüpfelchen einhalten. Deine Tage wären gegliedert nach der Zahl der geschriebenen Seiten, den fertigen Kapiteln. Im Laufe der Zeit lebtest du nur noch deinem Projekt. Du wärest nur noch Schriftsteller, an deinen Stuhl und dein Werk gefesselt. Du ließest dir einen Bart wachsen.

Deine Isolierung nähme zu. Es fiele dir immer schwerer, dich vom Schreiben loszureißen, um zur Arbeit zu gehen. Eines Tages würdest du versäumen, es zu tun. Du verlörest unausweichlich deine Patienten. Du wärest schließlich gezwungen, deine Praxis für ein Butterbrot abzugeben. Du müßtest umziehen. Du landetest in einer verfallenen Mansarde in der Stadt. Die Decke ließe den Regen durch. Die Dachluke den Wind. Die Tür den lauten Streit der betrunkenen Nachbarn. Die Wände das obligate Stöhnen der Prostituierten nebenan. Du würdest Hungers sterben.

Und dann, wenn schon, denn schon, würdest du schließlich verschwinden, ohne eine andere Spur zu hinterlassen als ein anonymes Manuskript. Ein eher dummer als schurkischer Concierge verkaufte dein verkanntes Werk zum Altpapierpreis an einen Bouquinisten in der Parallelstraße. Dort würde es schließlich von einem Liebhaber schöner Bücher entdeckt werden, der fasziniert wäre von dem Anblick, der Qualität des Papiers, den aufgeklebten Schnipseln, der feinen Linienführung deiner eleganten Schrift. Der Mann (hochgeachteter Cheflektor eines angesehenen Verlages) wäre sofort gefesselt von diesem glücklichen Zufall und das Läuten des Telefons riß dich aus deiner Wachträumerei.

Wütend legtest du den Hörer auf. Du notiertest den Termin oder die Adresse ... und die Seiten lagen noch und immer noch vor dir.

Der offene Füller kleckste auf die Blätter. Die Streichungen waren nicht verschwunden. Fluchend standest du auf; du haßtest diese verständnislose Welt, die beim kleinsten Schnupfen ihres Kindes vor Angst verblödeten Mütter, die Sonntagssportler, die dämlich genug sind, sich Samstag nachmittags auf dem Fußballplatz den Knöchel zu verstauchen, die vom letzten Gesundheitsmagazin im Radio in Panik versetzten Alten, die von ihren Arbeitsbedingungen deprimierten Männer, die Jugendlichen, die ein Gesundheitszeugnis wollten, um auf Skiern oder in einer Jolle den Hampelmann zu machen.

Du schobst die Stapel von Papieren in Aktendeckel, die Aktendeckel in die Sammelmappe, die Sammelmappe in die Aktentasche. Du gingst hinaus, du stiegst ins Auto, du brülltest vor Wut im abgeschlossenen Wageninnern; du würdest dich rächen, indem du das Honorar, das sie zu berappen hätten, so hoch wie möglich ansetztest, wenn der Besuch nicht gerechtfertigt war.

Du gingst deinen Job erledigen.

So ging es lange. Lange war das Schreiben nur etwas Zufälliges, drei Zeilen hier, zwei Seiten dort. Zehn gestohlene Minuten, im Wagen sitzend, um ein Gespräch festzuhalten. Frühmorgens in der Küche zwei Stunden, die du der Müdigkeit abgerungen hattest, und der Wärme eines geliebten Körpers, der zu tief schlief, um dich zurückzuhalten.

Und dann eines Tages hast du aufgehört hin und her zu schwanken zwischen solchen Schreibanfällen und deinen wunderbaren Träumen. Du hast dir eine Enklave in der Wirklichkeit eingerichtet.

Donnerstags überläßt du die Praxis einem Jüngeren als du es bist und fährst mit dem Zug bis zur Endstation. Du gehst aus dem Bahnhof und steigst in einen Bus. Du steigst aus dem Bus und betrittst ein Café, wo man dich schreiben läßt, ohne etwas von dir zu erwarten als alle Stunde eine Bestellung.

Du belegst einen viereckigen Tisch hinten im Bistrot. Du breitest deine Papiere aus, du schreibst, du liest wieder, du korrigierst. Gegen Mittag fragt dich der Kellner, ob du etwas essen möchtest. Manchmal ja, manchmal nein. Du bestellst, oder aber du packst, nachdem du den üblichen Milchkaffee, die Limonade und den Orangensaft bezahlt hast, deine Sachen ein und gehst.

Du läufst zu Fuß ein paar Straßen weiter zu einem Vetter und Hagestolz, der von vierzehn bis achtzehn Uhr arbeitet und dir in seiner Abwesenheit seine Junggesellenwohnung und seine Schreibmaschine überläßt. Vor einigen Monaten bei einem Familientreffen hast du deine Mitarbeit bei einer Fachzeitschrift angeführt, um deine wöchentliche Anwesenheit in der Stadt zu begründen. Du hast das Warten auf den Abendzug und die zu schreibenden Artikel zum Vorwand genommen, um zu erklären, wie dankbar du ihm für Gastfreundschaft wärst. Er ist hocherfreut, dir gefällig sein zu können.

Jeden Donnerstag gegen ein Uhr trinkst du einen Kaffee mit ihm. Er stellt dir wenig Fragen. Er erzählt dir von seinen kleinen Nöten. Du mißt ihm den Blutdruck. Von Zeit zu Zeit schreibst du ihm ein Rezept. Du bist froh, auf diese Weise den Dienst abgelten zu können, den er dir erweist, ohne es zu wissen. Du betest zum Himmel, daß nichts Ernsteres als solche Sorgen eines Einzelgängers deine Sachkenntnis beanspruchen.

In regelmäßigen Abständen bringst du ihm ein Exemplar der Zeitschrift mit, in der auf der vorletzten Seite unter zwei oder drei Besprechungen von einer halben Spalte Länge deine Initialen erscheinen. Er dankt dir herzlich. Eines Tages hat er sich betrübt gezeigt darüber, daß du soviel Zeit mit der Arbeit verbringst und so wenig veröffentlicht wirst. Du hast mit bescheidener Miene gelächelt.

Es ist eine alte Zwei-Zimmer-Wohnung nach vorn hinaus. Die Fenster gehen auf einen ruhigen kleinen Park, auf dem Babys lallen und Kinderwagenräder quietschen. Das Parkett und die Täfelung knacken regelmäßig. Das Telefon aus Bakelit, an eine Uralt-Installation angeschlossen, läutet fast nie. Aber es beruhigt dich, daß du leicht zu erreichen bist.

Das Brummen füllt das Behandlungszimmer.

Die Vibrationen des Motors begleiten deine Bewegungen. Deine Hand geht hin und her (gleitet, klebt, hängt) ziehend schiebend drehend. Die Karman-Son-(Name eines Mannes, der den Bauch der Frauen ausräumt) mit einer hellen Flüssigkeit, mit Blasen, mit einer weißlichen Substanz (Formen von Nichts, und doch erkennbar, fast vertraut, wenn man sich auskennt, durch das Déjà-vu, den Blick des Profis, des Experten, so wie die Engelmacherin von einst unlängst morgen eine Spezialistin auf ihrem Gebiet war ist sein wird, nur daß diese Nadel hier hohl ist (mehr ist es letztlich nicht, eine Räubergeschichte, ein Taschendiebstahl, schwerer Einbruch zugunsten der Frauen, deren Ehre bedroht ist) und an eine Maschine angeschlossen. Finger weg nicht anfassen, von weitem schauen, im Vorbeikommen den notwendigen Ablauf der Reihenfolge zwischen den Fingern beobachten: die durchsichtige Flüssigkeit, die weißlichen Teile, das Blut) schiebend drehend ziehend unter dem Brummen des Geräts dem Kullern den Sauggeräuschen dem Pfeifen (fragt sich, was sie hört, wenn sie hört, oder ob, während sie ganz mit Fühlen beschäftigt ist, das Geräusch die Geräusche sich verwischen und verschwinden und nicht mehr existieren sobald sie erst unterwegs sind, nichts als eine dissonante

Hintergrundmusik Nebengeräusche während es ein bißchen zieht (schnell atmend, in der Erwartung, daß es aufhört, sich verbiegend versteifend mit verschlossenem Blick sich in Geduld fassend) während das diesen Kloß im Schoß da unten aufreißt ausreißt, oder nichts zu hören ist als das eigene Stöhnen (Bewegung des Zurückweichens, Becken hebt sich, Kopf dreht sich von rechts nach links, Bauch strebt fort; Atmung hechelnd die Augen die Hand nach dem anderen suchend, der sie manchmal schon hält, oder mit einem Satz aufspringt herbeieilt sie faßt ohne zu wissen was tun, oder sitzenbleibt, ohne sich zu rühren ohne etwas zu sagen mit leerer stumpfer versteinerter erstarrter Miene) in dem Maße, wie die Bewegungen der Sonde und der Hand (von hier aus an den Bewegungen, die sie macht, überwachen, ob es das ist, ob das, was die Hand fühlt, sich an ihrem Körper ablesen läßt) sich ausweiten, präziser werden. Hier ist das Geräusch nur ein Signal, wie die von der Kugelzange übermittelten Vibrationen, wie die sichtbare Abfolge des Vorbeiströmens zwischen den Fingern, wie das Gefühl von Widerstand beim Kratzen oder das etwas obszöne Gleiten des Schlauchs da am Ende, nicht normal, dieses seichte Gleiten, nichts weiter, es reicht) weil etwas da hinten sich nicht lösen will, nicht in die Öffnung eintreten will. Mit einem Schnipsen lockerst du dann den Ring für die Luftzufuhr (schllllooorppbll!) *Halten Sie das bitte für mich* (eine kleine Kompresse, ein Fischzug, reibereibe, um klarer zu sehen. Eine kleine Longuette (Krruiikkk) auf das gräuliche Dingschen, diesen festen Tropfen, der kaum aus dem Muttermund quillt *Nicht bewegen!* vorsichtig ziehen, damit nicht die Hälfte drinbleibt und sie doch kommt, die Spindel (spitz zulaufend an diesem Ende, matschig gemischt am anderen) gleitet ins Spekulum (kleiner Strahl

Blut folgt füllt die Höhlung) gleitet lang durch *Bitte eine Nierenschale* komisch aussehender Behälter, und schon (plopp!) legt man ab, was da am Ende der Longuette (entkruiikkk) baumelt, diesen flockigen Klumpen wird man gleich untersuchen wenn nötig, wenn nicht alles erwischt (Pling!) die Longuette zurück auf den Instrumententisch *Danke* nimmt die Sonde auf, zielt wieder auf den Muttermund, schiebt mit einer winzigen Drehung, kommt beinahe leicht durch. Sie bewegt sich beinahe nicht, spürt offenbar nichts)

– *Stellen Sie an.*

Die Assistentin setzt das Absauggerät wieder in Gang.

Die Wahrnehmung am Ende der Sonde ist nicht mehr die gleiche. Da ist jetzt der Widerstand (Kratzend ratzend reizend, spürbar an den Fingerspitzen, sichtbar auf dem Gesicht derjenigen, die nichts zu fühlen schienen und jetzt Grimassen schneiden *Das zieht!,* und am Körper derjenigen, die bei den ersten Absaugbewegungen der Sonde kräftig stöhnten – *Noch nicht fertig? – Beinahe …* Schnipsen mit dem Daumen (glorrppff …) am Luftregler. Mal sehen, ob es bei schwachem Druck noch kratzt noch widersteht leer ist, Dritteldrehung (Kratz!) Dritteldrehung (Kratz!) ja, fertig, nichts mehr) manchmal ihre Klagelaute und die zustimmende Kopfbewegung von A. (trotzdem kontrolliert man *Nummer sechs bitte.* Sturz der gebrauchten Sonde in den Sack mitten zwischen die Kompressen, weiß rötlich erledigt mitten im zerknüllten Haufen von Weiß, die Sechs *Danke* wirkt dick. Die Sonden wirken immer dicker als die Stifte, gehen aber durch) am Ende des Griffs.

– *Nur noch eine kleine, zum Kontrollieren, und wir sind fertig* (mag nicht, wenn sie (A.) das sagt, die Frau versteht sowieso nicht, nicht imstande zu verstehen, nicht imstande zu hören zu sehen, überflüssiges Gerede, nicht für zwei Pfennig beruhigend nicht angemessen, aber was wäre das schon?) beginnt wieder zu brummen (zwei, drei, vier kleine Bewegungen aus dem Handgelenk, Kratzen inzwischen fein kaum wahrnehmbar schwer zu fühlen bei einer so kleinen Sonde, fünf kleine Drehungen, es kommt nichts mehr in der Sonde oder nur Blut, es ist Zeit aufzuhören, sechs kleine Hin und Her zurückziehen sllorrppp unauffälliger mit der Sechs, Klick des Schalters, brrmmmhhh ... von dem auslaufenden Motor. Abnehmen der Sonde mit den Fingerspitzen) mit schwarzer Plastikfolie ausgekleidete metallene Becken.

Es ist (fertig. Danke. Ich werde jetzt die Zervix wieder mit ein paar Kompressen mit antiseptischer Flüssigkeit abtupfen, genau wie vorhin. Könnten Sie mir ein bißchen Cétrimide in die Schale geben? Danke. Der Schmerz wird in ein paar Minuten vergehen. Wenn es in einer Viertelstunde noch sehr weh tut, können wir Ihnen ein Zäpfchen geben, um den Schmerz zu stillen. So, ich nehme die Zange fort. Nicht bewegen, wir sind fast fertig. Können Sie mir noch einen Tropfen Bétadine geben? Danke. Eine letzte Kompresse. Nein, es blutet nicht mehr. So. Sehr gut. Ich entferne das Spekulum und es ist) vorbei, Madame

Du dachtest, wenn du erst mal einen Ort gewählt hättest, käme alles wie von selbst: es reichte, sich an den Tisch zu setzen und zu schreiben, einen Plan zu skizzieren, die großen I und die kleinen a einzusetzen, eine Rohform zu machen, ein Wort an das andere zu reihen, ins Lexikon zu schauen, abzuschreiben, wiederzulesen, auszustreichen, neu zu schreiben, einzuteilen, wiederzufinden ... um aus irgendeiner Sache, die zunächst aussah wie ein sinnloser Brei, etwas zu machen, das schließlich einem Text ähneln würde.

Du dachtest, es reichte, über das Papier gebeugt dazusitzen. Zu allem bereit und vor allem empfänglich für deine eigenen Gedanken, brauchtest du diese nur herauskommen zu lassen, um nach und nach, ganz ohne Schmerz, die Tinte mit den Zellulosefasern zu verbinden, Worte zu Fäden zu spinnen und Sätze zu weben.

Du glaubtest allen Ernstes, das Schreiben sei eine manuelle Tätigkeit, die bestimmte Hilfsmittel, Beharrlichkeit und Zeit erforderte, und bei der Anwendung dieser Dinge auf die einzigartige Erfahrung, deren Sachwalter du warst, würde ein nur von deinem Verlangen getragener Text geboren werden.

Du hast bald entdeckt, daß es so einfach nicht war.

Bis die Sätze ein zusammenhängendes Gewebe bilden, wiegt die Feder Tonnen. Diese zwanzigmal drei oder vier Blätter, früher verfaßt unter dem Einfluß eines unwiderstehlichen Schwungs und in der Hitze einer geradezu freudigen Erregung, erweisen sich bei erneutem Lesen dauernd als enttäuschend, immer unwürdig der Kraft, die du ihnen eingepflanzt zu haben glaubtest.

Die eindringlichen Notizen, die genialen Eingebungen, die beispiellosen Überlegungen, die noch nicht dagewesenen Gedanken sind nichts als konventionelles und belangloses Gerede. Du wagst dir nicht einzugestehen, daß du nichts als das hervorgebracht hast.

Du glaubtest in deiner Einfalt, daß die Substanz deiner Arbeit bei der Mischung ihrer Zutaten zum Vorschein kommen würde. Du entdeckst, daß die Worte nur dann leicht zu schreiben sind, wenn sie nichts aussagen. Du wußtest nicht, daß Lehm lange geknetet werden muß, um so etwas wie Form annehmen zu können, und daß es noch ein weiter Weg vom Formen bis zur gebrannten Form ist.

Das übersteigt deine Kräfte. Ein solcher Aufwand an Energie scheint dir lächerlich. Ist es möglich, daß alles, was du hier heraufbeschwörst, nichts als anekdotischen Wert hat?

Aber du siehst dieses Buch, du siehst es fertiggestellt.

Es ist ein Donnerstag. Mitten am Nachmittag. Draußen muß die Sonne scheinen, auch wenn es mitten im Winter ist. Du bist soeben fertig geworden. Du kannst es gar nicht fassen. Du hast alles durchgelesen, alles korrigiert. Du klopfst die Blätter zu einem festen Stoß. Du betrachtest ihn mit einer Mischung aus Verwunderung, Rührung und Stolz. Eine Träne glänzt in deinem Auge.

Du faßt dich. Das Schwerste liegt hinter dir, aber das Weitere verlangt ebenfalls noch viel Energie.

Du gehst hinaus, du läufst bis zu der Buchhandlung des Viertels. Es ist ein winziger und düsterer Laden, aber du hattest ihn fast sofort entdeckt, als du angefangen hast, donnerstags zum Arbeiten herzukommen. Er wird von einem sympathischen und engagierten Mann betrieben. Er hat dein wöchentliches Kommen schnell bemerkt. Nachdem er deinen Geschmack ausgelotet hatte, hat er dir die Autoren und Bücher empfohlen, die du mit Sicherheit schätzen würdest. Anfangs hast du ihm für seinen Rat gedankt, und später hast du ihn beglückwünscht zur Richtigkeit seines Urteils. Seitdem betrittst du den Laden nicht, ohne daß ihr lange erhellende Äußerungen über eure jeweilige Lektüre austauscht.

Du trittst ein. Du ignorierst den Tisch mit den Neuerscheinungen. Du hast immer gefunden, daß ein Buch zunächst durch die Art spricht, in der es sich äußerlich darstellt, unabhängig von den Inszenierungstricks, denen es unterworfen wird. Wenn die Zeit der roten Bauchbinden, der Stapelware der Sonderangebote und der Werbebeilagen in den Zeitungen vorbei ist, bleibt das Buch nackt zurück, in eine Reihe mit anderen Büchern gequetscht, zufällig zwischen die verblichenen Bände der Antiquare geschichtet, auf einem Nachttisch wartend oder im Regal einer Bibliothek.

Dann erst kann der unbekannte Leser ihm wirklich begegnen, es ohne Mittler entdecken.

Schon vor langer Zeit, während deiner endlosen Vorbereitungen aufs Schreiben, hast du die Namen der Verleger festgestellt, die deine Arbeit möglicherweise zu schätzen wüßten. Deine Liste enthält ein halbes Dutzend achtbarer und ausgezeichneter Namen.

Auf den Regalen aus dunklem Holz machst du die neueren und älteren Produktionen dieser sechs oder sieben Erwählten ausfindig.

Du nimmst die Bücher eins nach dem anderen in die Hand. Du schaust sie an, du wägst sie, du blätterst, du schätzt sie ein.

Du prüfst jeden Band, um von seinem Aussehen (Umfang, Einband illustriert oder schmucklos, Rückseitentext, eventuell ein Foto des Autors) auf die Bemühung um Übereinstimmung von Form und Inhalt zu schließen. Du versuchst an dem Gegenstand Buch die Beziehungen zwischen Verleger und Autor abzulesen, den Charakter des Vertrags, der zwischen diesen zwei Personen mit den das gleiche Ziel verfolgenden aber unterschiedlichen Interessen geschlossen wurde: Unterwerfung oder gegenseitige Achtung?

Du unterbrichst deine stille Analyse, als der Buchhändler einen scharfsinnigen Kommentar über die Bedeutung des Aussehens bei Büchern wagt. Er bestärkt dich in der Meinung, die du dir zu bilden gerade im Begriffe warst, mit Hilfe von frisch aus dem bodenlosen Faß von Veröffentlichungen oder dem Pantheon der Literatur entnommenen Beispielen.

Als der Fall entschieden, der Weizen von der Spreu getrennt ist, kehrst du nach Hause zurück. Du machst nur eine einzige Kopie von deiner Arbeit. Du legst das Original-Manuskript (das fast auf jeder Seite deine Fingerabdrücke, unsichtbare Spuren von Schweiß, den Schatten mühsam ausradierter Kaffeeflecke, die in letzter Minute unter dem Einsatz unfaßbarer Kunststücke an der

Walze der Schreibmaschine eingefügten Verbesserungen trägt) in einen prächtigen, mit rotem Leinen überzogenen Schnapphefter.

Du vertraust dein Gut einem stabilen, handelsüblichen Umschlag an. Bevor du ihn verschließt, fügst du deiner Sendung einen knappen, höflichen Brief bei, mit reiflich erwogenem Inhalt und deiner Adresse und Telefonnummer.

Du bringst das Päckchen auf ein Postamt, das ein bißchen von deinem Wohnsitz entfernt ist.

Du wartest zuversichtlich.

Die Antwort läßt nicht lange auf sich warten: deinem Manuskript ist »die größtmögliche Aufmerksamkeit des Lektorats des Verlags N. zuteil geworden«. Dieses besteht alles in allem aus dem Boss und einem einzigen Cheflektor. Letzterer ersucht dich, auf seinen Brief schnellstens zu reagieren.

Die Begegnung findet in auf Anhieb herzlicher Atmosphäre statt. Dein Werk hat wegen seiner Qualität von den ersten Zeilen an Zustimmung gefunden. Dein Gesprächspartner, ein ausgezeichneter und angesehener, aber in der Welt der elektronischen Medien unbekannter Mann, zuckt kaum mit der Wimper, als du gestehst, daß du nur dieses eine Exemplar versandt hast. Du genießt die Stille, die er taktvollerweise im Raum stehen läßt, bevor er vorschlägt, über die geschäftlichen Dinge zu reden.

Es versteht sich von selbst, du bleibst Inhaber aller Rechte. Er läßt im übrigen keinen Zweifel daran, daß du sehr bald veranlaßt werden wirst, sie in Form von Billigauflagen und verschiedenen Bearbeitungen für die Massenmedien zu Geld zu machen. Er wagt dich kaum zu fragen, ob du die Güte haben würdest, bei deinen zukünftigen Meisterwerken ... Du läßt durchblicken, daß natürlich der Verlag N. von dir bevorzugt werden wird.

Es spricht absolut nichts dagegen, daß du selbst über das Aussehen deines Buches entscheidest. Du hast übrigens keinerlei Schwierigkeiten, das bis ins Detail zu erläutern. Du hast bereits das Papier ausgesucht, die Schrift (Baskerville vor Garamond), den Satzspiegel. Du hast außerdem – und zwar seit langem – den Erscheinungstermin festgelegt.

Auf den fragenden Blick dessen hin, der dein Freund geworden ist, erklärst du, daß hinter dieser Entscheidung eine diskrete Huldigung an einen Schriftsteller steht, für den du beträchtliche Bewunderung hegst und *der vor sieben Jahren im März gestorben ist.*

Das verständnisinnige Lächeln deines Gegenübers bestärkt dich in der festen Meinung, die du dir im ersten Augenblick von ihm gebildet hast.

Dein Buch erscheint zu dem genannten Termin mit dem von dir gewählten Aussehen. Es ist natürlich ein riesiger Verkaufserfolg in den Buchhandlungen.

An dieser Stelle fängt die Sache an schwierig zu werden.

– *Es ist vorbei.*

Du ziehst *(das Spekulum. Warten Sie, Madame, lassen Sie das Gesäß unten bitte! Ich entferne meine Gerätschaften. Wenn Sie kneifen, kann ich nicht … Aha. Danke. Es ist vorbei. Nur noch)* schon die kleine Rolle unter dem Nacken der Frau weggenommen (*eine* letzte Kompresse, um diesen *ganz* leuchtendroten oder orangenen Tropfen zu fangen, der an der *kleinen* Vulva entlangflieht. Mag nicht, wenn die Unterlage befleckt ist, die Gesäßbacken gerötet gezeichnet sind *Sekunde*) hat die Assistentin den Deckel von der Auffangflasche abgenommen *(Stemmen Sie die Füße gegen den Rand der Beinstützen)* am Wasseranschluß des Ausgusses befestigt. Sie dreht den Wasserhahn auf *(und dann helfen wir Ihnen, sich lang auszustrecken, schieben Sie mit den Füßen, so … Geht es so? Tut es)* spült die Wandungen wirbelt kurz *(noch weh? Möchten Sie etwas gegen die Schmerzen haben?)* beugt sich über den tiefen Ausguß und beginnt den Inhalt in ein Metallsieb zu gießen *(Würden Sie ihr bitte ein Zäpfchen geben? Nein, nein, bleiben Sie liegen! Warten Sie doch, erholen Sie sich noch)* Binde in den Schritt und hilft ihr, ihren Slip überzustreifen (dann hört man meistens auf hinzusehen, man wendet den Blick ab, man entfernt sich. Man wartet, daß die Akrobatik zu Ende ist und tritt dann an die Seite des Untersuchungsstuhles, auf die Höhe ihres

Blicks, dahin, wo vor wenigen Sekunden A. stand, man legt ihr die Hand auf die Schulter, man spricht abermals mit ihr, man versucht aus ihrem Gesicht zu entnehmen, was von den vergangenen Augenblicken übriggeblieben ist *Tut es noch weh? Das geht vorbei. Der Schmerz verschwindet schnell).*

Du wirfst die Handschuhe in den metallenen Abfalleimer, du wendest dich zur Ablage um, und die noch weiße Hand (bemehlt, als ob sie aus einem menschlichen Teig käme, auf den Handschuhen die Stückchen Engel) der an den Kragen geklammerte Füller (der hier saugt nicht richtig, spuckt und kleckst, hinterläßt Markierungen hinterläßt Spuren kritzekratze! kleines papiernagendes Insekt) »Uterus retrovertiert. Umfang entsprechend dem Termin. Patientin ruhig. Sonde 7, dann 6« (nützlicher Schwätzer. Wozu dient die Akte? Liest das später jemand? Hat man Verlangen das zu lesen, wenn sie zum dritten vierten Mal kommt? Hat man Verlangen zu erfahren, wie das abgelaufen ist? Das interessiert niemanden. Und außerdem, wozu lesbar schreiben, wenn alle anderen so ein Gekrakel oder unbestimmbare Hieroglyphen machen?)

Aus dem Augenwinkel (Farbfleck rot orange Girlanden am Grunde des Siebs, oder auch rosiger Schleim dunkelrote Gerinnsel bis zum Rand des metallenen Siebs, nôch nicht durchgegossene Fragmente am Boden der Auffangflasche. Wenn es überläuft *(Eine Nierenschale bitte),* gießt man den Inhalt des Siebs da rein, man dreht die Operationslampe herum: Licht auf die Wandung des Behälters.

Mit kleinen Zangen, die man von der Ablage genommen hat, spürt man rührt man sucht man auf. Lange nicht gewußt wie, erkannte nichts, unterschied nichts, ließ A. sich darum kümmern, sah sie Fragmente sortieren, aus dem Durcheinander die winzigen Trümmer heraussuchen, sie identifizieren, mit der Spitze der Zange fassen (flüsternd) *Da, das ist ein Arm ... Es sind mehr als ein Dutzend. Vielleicht sogar dreizehn,* sie an den Rand des noch leeren Behälters schieben *Und da* (immer flüsternd, beide Seite an Seite gebeugt unter dem Licht, während hinten die Frau immer noch auf dem Untersuchungsstuhl liegt und mit der Begleiterin dem Gatten (wenn er da ist) der Assistentin spricht, oder auch nichts sagt) *das ist noch einer. Nummer zwei. Das Rückgrat ...* die winzigen Formen beiseitelegen, die sie allein mitten in dem Schleim entdeckte, mit der Pinzette herausholte. Lange nicht gekonnt. Wußte dabei sehr gut, daß nach elf zwölf Wochen man kontrollieren sich vergewissern zählen muß, die vier Gliedmaßen wenn die da sind muß der Rest auch da sein *Ich glaube das ist in Ordnung. Schöne Auskratzung gehabt? Ja, jedenfalls kommt alles genau hin ...*

Ja, auch wenn das Sieb nicht überläuft, nur ein etwas klebriger Farbfleck ist *Schauen Sie, was halten Sie davon?*

– *Das kommt hin.*

– *Wir brauchen keinen Test zur Kontrolle zu erbitten?*

– *Ach, ich glaube nicht. Möchtest du einen?*

– *Nein, nein, ich wollte nur Ihre Meinung hören,* A. ist der Bezugspunkt. Es gibt keinen Zweifel, wenn sie sagt es geht. Keine Einwände, wenn sie keine hat. Erkennt Zögern. Stellt zweifelnde Miene fest. Läßt sagen was besorgt macht. Beruhigt oder rät, von vorn zu beginnen. *Ich glaube wir brauchen uns keine Gedanken zu machen.* Oder auch: *Ich glaube es wäre besser, wenn du noch einmal nachsiehst. Mit einer kleinen. Willst du?* Will, will gern, wenn sie es sagt. Die Assistentinnen auch nicht von gestern, neulich in der Aufnahme:

– *Man könnte meinen, daß Sie ohne sie verloren wären!* (Gelächter) *Aber wohlgemerkt, nicht nur Sie: Monsieur R. ebenfalls.*

– *Das stimmt, er hat es auch nicht gern, wenn sie im Urlaub ist, er will immer, daß sie da ist, bevor er anfängt!*

– *Ja, und dabei arbeitet er seit fast zehn Jahren in der Abteilung!*

– *Merke, unsere Oberschwester hat ihre kleinen Lieblinge* (verschämtes Lachen von A.), *wenn sie sagt Monsieur Sachs, dann ist alles klar!*

Schwache verlegene Entgegnung, Blicke kreuzen sich und weichen aus, weil das nicht ganz falsch ist, weil die Abwesenheit von A. Unbehagen bedeutet, weil von Zeit zu Zeit bei der Vorstellung, daß sie abwesend sein oder sich zur Ruhe setzen könnte ...

– *Ach was, das könnte ich, aber was denkst du, was ich ganz allein zu Hause tun sollte? Meine Kinder sind alle fort. Ich komm lieber morgens hierher.*

Lächeln der Dankbarkeit (Seufzer der Erleichterung) *Na um so besser, wir haben es auch nicht gerade eilig)* »Ein halbes Sieb. Auskratzung problemlos« unten auf die Seite.

Du unterschreibst. Du hebst eine Ecke des ersten Blattes, um an das orangenfarbene Blatt zu kommen (kritzekratze ein Blättchen, kritzekratze noch eins. Schöner Namenszug, Rundschrift, elegantes B, großzügiges und kräftiges S, der Rest geht ein bißchen unter, ist aber alles in allem unnachahmlich, so daß die Unterschrift sowohl sich sehen lassen kann, als auch keine Zweifel zuläßt, besonders auf dem Statistikblatt: niemals den Namen der Frau, niemals irgend etwas, an dem man sie identifizieren könnte, aber den Namen des Arztes, des verantwortlichen Vollstreckers dieser Hin- und Verrichtung, ganz ausgeschrieben mit der vollständigen Signatur des ganzen Namens Bruno Sachs, ein bißchen geneigt, das S höher als das B und mit einem winzigen Punkt am Ende und einem winzigen Strich darunter) Madame X ... ist zweimal hintereinander zur Beratung dagewesen.

Hinter dir hilft A. der Frau, sich aufzurichten, sich auf dem Tisch hinzusetzen. *Geht es? Dreht sich nicht alles?* Sie stützt sie (über das mit einem schwarzen Plastiksack ausgekleidete Becken gebeugt, versucht sie vielleicht zu sehen zu erkennen zu identifizieren, einen ersten und letzten Blick auf das zu werfen, was er was sie. Manchmal, während des Stöberns in der Nierenschale, hat sie schüchtern die Stimme erhoben:

– *Wie sieht das aus? Kann ich mal sehen?*

– *Nein!* (und dann gleich sehr schnell fortfahrend) *Da ist nichts zu sehen. Das sieht nicht wie ein Baby aus, wenn Sie das wissen wollen.*

Also wirklich.

Scheußlich zu denken, daß sie einen Blick ins Sieb werfen wollen könnte. Das gehört ihr nicht mehr. Hat uns damit beauftragt, sie davon zu befreien. Keine Lust, es ihr vor die Nase zu halten. Blut, rötlicher Schleim, mehr oder weniger zerkaut zerquirlt von dem Gerät. Fertig. Futsch. Nichts mehr. Keine Lust, das Gesicht zu sehen, das sie machen würde wenn) du setzt die Kappe wieder auf den Füller, du steckst ihn in die Tasche.

– *Sie werden jetzt in einen Raum gebracht, wo Sie sich ausruhen können. Ich komme nachher vorbei und sehe nach Ihnen.*

Manchmal antwortet die Frau *Danke, Herr Doktor.*

– *Kommen Sie, Ihre Sachen sind schon im Ruheraum.*

Sie geht, von A. gestützt, gefolgt vom Ehemann der Freundin der Mutter.

Du wirfst die Akte mehr als du sie legst auf eine Ecke der Ablage. Du reibst dir die Hände, um sie von dem weißen Puder zu befreien. Du reinigst sie mit einem

Schuß Alkohol. Die zweite Frau ist noch nicht (Rast, Unterbrechung, Zwischenspiel, Pause). Du gehst auf den Gang hinaus. Du wartest. G. oder J. sind gekommen um zu fragen, wie es gelaufen ist. (Ganggespräche. Bahnhofshalle auf der Durchreise. Die eine oder andere der Dutzende von Frauen, die nebenan drüber drunter arbeiten: gekommen um sich Kaffee zu leihen oder eine Schachtel Zucker zurückzubringen oder ein Schwätzchen zu halten, Akten in der Hand oder auch nicht. Wohnungsnachbarinnen, gekommen um Haushaltsfragen zu erörtern, den Mann die Kinder die Chefs die Patientinnen (Ha, die schicken Gattinnen von Liberalen, Make-up Schmuck spezielle Aufmerksamkeiten der Herren Spezialisten) kurz, gekommen um die Gänge zu verstopfen mit desinteressiertem Blick durch den einzigen anwesenden Typ hindurchzusehen (sieh an, der ist heute Abtreiber vom Dienst), als wäre er gar nicht vorhanden. Immer zwischen Tür und Angel, nie verlegen, nie taktvoll, nie wirklich aggressiv sondern einfach fehl am Platze; gehören nicht hierher, auch wenn A. und die Assistentinnen sie akzeptieren sie empfangen mit ihnen reden) ...

Bald geht die Assistentin (nachdem sie den Haushalt erledigt hat, das heißt das Papierlaken abgenommen zusammengefaltet oben auf das mit einem schwarzen Plastiksack ausgekleidete metallene Becken gelegt, ein neues Papierlaken über das Stofflaken gebreitet hat das seinerseits ausgetauscht wenn vorhin beschmutzt die Vulva nicht schnell genug abgetupft, kleine Rolle wieder hingelegt, Auffangflaschen ausgespült, Gerät zurückgestellt, Kompressen in Alkohol getränkt oder kurz entschlossen mit dem Scheuertuch Flecken auf dem Linoleum weggewischt hat:

– *Kann ich die nächste Frau hereinholen?*

– *Mmmhh)* ihre Tasche ihren kleinen Korb in der Hand versucht zu erraten in welche Richtung (alle gleich, sogar und inklusive derer, die schon hiergewesen sind) vor dir eintreten, du leitest sie mit der Stimme und einem ausgestreckten Arm, du folgst ihr (dreht sich zweimal um, überzeugt sich, daß die Türen geschlossen sind, dort die zum Wartezimmer, hier die zum Gang, Schreie herauszulassen, wenn je das Verlangen sie packte, kommt nicht in Frage) den Vorgang aus den Händen der Assistentin (bevor sie neue Küchenbatterie hervorholt, zum Abflußbecken Blick hinein auf den noch vorhandenen vorigen Schleim außer Sicht in der Nierenschale dem Sieb

– *Sie haben es gesehen?*

– *Mmmhh ...*

– *Kann ich es* (wie kann ich sie bitten es nicht auszusprechen wenn es doch das ist was sie tun: sie drehen die Nierenschale das Sieb um unter dem Wasserhahn drehen ihn auf, der Schleim löst sich auf verdünnt sich, Strudel, verschwindet) *wegkippen?*

– *Ja. Es wird ...),* während hinter dem Vorhang der Kabine die nächste Frau sich ihrerseits auszuziehen beginnt.

Dein Buch, dein Wahnsinns-Buch, man reißt es sich aus den Händen, man spricht von nichts anderem mehr. Selbstverständlich kommt es in den Nachrichten. Du erscheinst auf den Titelseiten, du glänzt auf dem Bildschirm, du schwimmst auf allen Ätherwellen. Man rühmt dich, man beklatscht dich, man verehrt dich. Du erntest bald in bar und in Naturalien die Früchte deines Erfolgs.

Und du weißt, daß das alles ein Skandal ist.

Dein Buch verkauft sich nur, weil es das Verlangen deiner Artgenossen nach Scheußlichkeiten stillt. Unter dem Vorwand von Literatur hast du die so alltäglichen, so verbreiteten, von X-Beliebigen erlebten Schrecken enthüllt. Du hast Menschen und menschliche Gefühle gering geachtet. Du hast dein Ansehen auf dem Blut von Kindern aufgebaut, die nicht geboren werden, auf dem Leiden von Frauen, die du ausgeräumt hast. Im Überbieten von Schrecklichkeiten hast du eine neue Schwelle überschritten.

Du bist ein Lump. Ein Mörder. Ein Unflat.

Unter dem Blick deiner Richter werden die verklärten Mienen deiner beseligten Verehrerinnen von kurzer Dauer sein: die Frauen, die durch deine Hände gegangen sind, haben dich auf den Fotos in den Zeitschriften und auf dem Bildschirm durchaus erkannt; die Patienten, die dir unter der Schweigepflicht in deiner Praxis ihren Körper anzuvertrauen kamen, haben sich, als sie erfuhren, welche dubiosen Bekenntnisse du abgelegt hast, beschmutzt gefühlt; deine Freunde, deine Verwandten, deine Lieben halten schweigend Abstand.

Jetzt verabscheust du dich dafür, daß du dir auch nur vorgestellt hast, daß dieses Buch veröffentlicht würde. All diese Phantasien sind schamlos. Du betrachtest die losen Blätter mit zunehmendem Widerwillen. Zum erstenmal kommt dir ein unerträglicher Gedanke: hast du das Recht, das, was du da zu schreiben versuchst, ans Licht zu bringen?

Die Frauen, die sich auf den Untersuchungsstuhl gelegt, die ihren Körper geöffnet haben, um deine Mordinstrumente einzulassen, haben das doch nicht zu deinem Ruhm getan? Haben sie ihre Schmach, ihre Schuld, ihre Reue zu deinen Gunsten auf sich genommen? Auch wenn du nicht einen Namen nennst, auch wenn du dich an keine der Personen erinnerst, deren Reaktionen du notiert hast, deren Geschichten du erzählst, wer gibt dir das Recht, aus diesen Geheimnissen eine Schau zu machen?

Die schmerzhafte Berufung des Künstlers als eines Zeugen ist eine dürftige Rechtfertigung. Du bist nicht Picasso beim Malen von Guernica. Du hast eines Tages freiwillig eine Aufgabe übernommen. Du wirst dafür bezahlt, daß du sie erledigst. Niemand fragt nach deiner Gemütsverfassung.

Und außerdem bist du Arzt ... *»Was ich während meiner Behandlung sehe und höre oder außerhalb meiner Praxis im Umgang mit Menschen erfahre, das man nicht weitererzählen darf, werde ich als Geheimnis hüten ...«*

Schaudernd hörst du schon die gehässigen Auseinandersetzungen zwischen Anhängern und Gegnern.

»– Ein mutiges Buch!«

»– Ein Haufen Dreck!«

»– Also bitte! Ein Mann wagt sich ans Licht, um die Menschenwürde und die freie Selbstbestimmung der Frauen anzuerkennen!«

»– Dieser Schmutzfink zerrt das Leid der nicht verantwortlichen und zum Verbrechen getriebenen Frauen an die Öffentlichkeit!«

Du wagst dir deine eigene Haltung in diesem Gefecht gar nicht vorzustellen. Du findest dich in keiner der Parteien wieder. Ohne Überzeugung führst du an, du sprächest für niemanden als dich selbst. Du berufst dich auf einen Satz von Brecht: *»Wer die Wahrheit nicht weiß, der ist bloß ein Dummkopf. Aber wer sie weiß und sie eine Lüge nennt, der ist ein Verbrecher ...«*, um sofort die ganze Zweideutigkeit, soweit es dich angeht, zu entdecken.

Du bist ein Feigling.

Diese Gedanken fallen dich an und lassen in dir eine nicht zu unterdrückende Beklemmung aufsteigen. Du bist mehrere Donnerstage hintereinander nicht in der Lage zu schreiben.

Du klammerst dich jedoch an dein Ritual, zumindest im Groben. Du fährst mit dem Zug in die Stadt, aber im Café liest du die Zeitung. Du begibst dich zu deinem Vetter, aber sobald er fort ist, gehst du hinaus, irrst durch belebte Straßen, schlenderst zwischen den Auslagen des Marktes herum, der unter der Hochbahn entstanden ist.

Du mischst dich unter die Menge. Du erforschst die Gesichter von Hausfrauen und Geflügelhändlerinnen, von jungen Frauen mit roten Fingernägeln, die in ihrem Austin blau-metallic ungeduldig vor der Ampel warten, von Müttern, die sich zwischen Einkaufstasche und Sportkarre abmühen, von alten Damen, die gemessenen Schritts hinter fetten Dackeln hermarschieren.

Du versuchst auf ihren Gesichtern etwas festzustellen, einen Hinweis, ein Zeichen, eine Botschaft, die dir sagt, was du tun sollst. Die dir zeigt, welchen Entschluß du fassen mußt.

In dem Maße, wie die lächelnden oder verschlossenen oder abwesenden oder finsteren Gesichter an dir vorüberziehen, wird dir klar, daß du wieder einmal auf dem falschen Weg bist.

Du kehrst in die Wohnung zurück. Du holst die Blätter aus der Sammelmappe. Die Realität hat sich vor deinen Augen abgesetzt, sie ist nicht zu umgehen, doch du wolltest sie nicht sehen.

Dein Buch existiert nicht. Du hast noch für niemanden geschrieben, denn das, was du bisher geschrieben hast, hast du für dich geschrieben. Niemand kann dich lesen. Du hast keine Botschaft mitzuteilen, und selbst wenn es anders wäre, wüßtest du nicht, an wen sie richten. Das, was deine Papiere enthalten, hat keinerlei Sinn, weil du noch nicht weißt, was du damit sagen willst. Du warst zu eingenommen von deinen Empfindungen, um bereit zu sein, ihre armselige Emanation zu betreiben, sie als Rohstoff zu behandeln und nicht wie ein Kultobjekt. Du hast noch nichts getan. Die Alternative sieht so aus: Du kannst schreiben, um das außerhalb deiner selbst zum Leben zu erwecken, was sich in deinem Kopf drängt, oder aber du mußt akzeptieren, daß dieser Brei Brei bleibt, auf dem Papier wie in deinem Kopf.

All die Phantasien – glorreich oder hassenswert –, all deine Ausflüchte sind nur entstanden, um dieses Dilemma zu vertuschen.

Aber diese Gedanken erträgst du nicht. Du gehst wieder fort.

Du gehst wieder in die Buchhandlung. Du erkundigst dich, ob es zu einem bestimmten … heiklen Thema gute Bücher gibt. Nach der ersten Überraschung gräbt der Buchhändler ein paar Titel aus seinem Gedächtnis, zieht ein paar Bände aus den Regalen. Keiner davon liefert dir die Antwort. Wie könnte es übrigens auch anders sein? Weder Augenzeugenberichte noch statistische Untersuchungen noch Streitschriften noch Glaubensbekenntnisse ähneln dem, was du schreiben willst. Was du schreiben willst, ist so sehr … ist derartig …

Abermals läßt du die Schultern hängen. Dein Wunsch ist nichts. Dein Buch existiert nicht. Ein Buch ist schließlich nur ein Buch, ein rechteckiger Gegenstand, 256 Seiten, broschiert. Du bist nur ein Mensch unter vielen. Du stehst in einer Buchhandlung.

Du hast einige zig Bände vor Augen. Du betrachtest sie zärtlich. Sie haben etwas Freundschaftliches, Wohltuendes. Sie sprechen mit dir. Du liebst sie. Du nimmst eins in die Hand. Du schließt die Augen. Du streichelst den Einband.

Du streichelst das unbekannte Buch, und du stellst dir die Gesten eines Unbekannten bei deinem Buch vor. Er dreht es um, wägt es, liest aufmerksam den liebevoll für ihn geschriebenen Rückseitentext. Du fährst mit der Fingerkuppe über den Beschnitt. Wo sie auf eine Unebenheit trifft, schiebst du entschlossen, aber ohne Grobheit deine

Finger zwischen die Seiten und öffnest das Buch. Er öffnet es auch, genauso, entdeckt das Motto, die Widmung, das Inhaltsverzeichnis, schlägt auf gut Glück irgendeine Seite auf, liest einen Augenblick. Der Buchhändler beobachtet sein Tun, wagt *sotto voce*:

– Ein sehr schwieriges Buch, aber hochinteressant ...

Der andere lächelt freundlich aber insgeheim gequält, und je nach seiner Erziehung und der Vertrautheit seiner Beziehungen zu dem Geschäftsmann seufzt er leise:

– Ach, wissen Sie, ich hab im Augenblick soviel zu lesen ...

oder auch:

– Ach ja? Dabei sagt mir das gar nichts ...

Das Buch fällt dir aus der Hand.

Es reißt in seinem Sturz einen ganzen Stapel Bücher aus dem Angebot des Monats um. Der Buchhändler, der dich während deines inneren Ausflugs die ganze Zeit beobachtet hat, kommt und hilft dir, die Bücher aufzuheben. Er scheint enttäuscht von deiner Ungeschicklichkeit und besorgt um deine geistige Gesundheit.

Aufs neue von Panik gepackt, stürzt du, Entschuldigungen stammelnd, auf die Straße. Du verlangsamst deinen Lauf erst, als du den kleinen Park erreichst. Von einem letzten Hauch Hoffnung getrieben, stößt du die grüne Pforte auf. Deine Schritte lassen den Kies knirschen, das welke Laub rascheln. Du läßt dich schließlich auf eine verwitterte Holzbank fallen. Das Geräusch deines Herzens und deines keuchenden Atmens wird überlagert vom Quietschen der Kinderwagen und der Schaukeln. Du siehst lange den im Sand spielenden Kindern zu. Diese idyllische Atmosphäre besänftigt dich, aber sie lehrt dich nichts. Du hast alle Kriegslisten erschöpft.

Du kehrst in die Wohnung zurück, und da du sonst nichts zu tun hast, um deine Anwesenheit hier zu rechtfertigen, beginnst du deine Papiere abermals zu lesen. Aber diesmal beherrscht dich ein anderer Gedanke. Lesen ist eine magische, aber passive Tätigkeit. Du hast zwanzigmal »Die drei Musketiere« gelesen, aber nie hast du Milady daran hindern können, Constance zu vergiften. Wohingegen Schreiben ein Akt der Macht ist.

Du liest wieder, und jetzt streichst du; du schreibst darüber und schreibst dazwischen; du nimmst heraus und stellst um. Du spannst die Blätter in die Schreibmaschine und tippst wie wild drauflos. Du denkst nur noch daran, wie du dem Leid zufügen kannst, das dir soviel Leid zugefügt hat. Zermalmen, was dich bisher verfolgt hat.

Als an diesem Abend dein Vetter nach Hause kommt, unterbrichst du dich kaum. Er begrüßt dich, erstaunt, dich noch vorzufinden. Du fährst fort, wie besessen zu tippen.

In letzter Minute packst du schnell deine Sachen ein, sagst kaum auf Wiedersehen, eilst die Treppe hinunter und rennst zum Bahnhof. Du springst in dem Augenblick in den Zug, in dem er anfährt.

Du läßt dich schwer auf den ersten freien Platz fallen; dein Atem geht stoßweise, deine Beine zittern, der Hals tut dir weh. Du hast Hunger und Durst. Die anderen Fahrgäste um dich herum lesen die Abendzeitung, stricken, streicheln die in einem Korb eingeschlossene Katze, überzeugen sich dreimal hintereinander, daß sie ihre Fahrkarte entwertet haben, erzählen ihrem Nachbarn den Witz der Woche.

Das weiße Band der Sammelmappe schaut unter der Klappe der Aktentasche heraus. Du stehst auf, du legst die Aktentasche auf die Gepäckablage. Du balancierst zwischen den angewinkelten Knien, um deine Jacke ausziehen zu können. Du legst sie zusammen. Du packst sie auf die Aktentasche. Du überlegst es dir anders, du nimmst die Jacke wieder herunter, du wühlst die Taschen eine nach der anderen durch, bis du dein Portemonnaie gefunden hast, du nimmst es heraus, du packst das Kleidungsstück wieder auf die Gepäckablage.

Du lächelst einfältig den Herrn an, dem du gerade die Zeitung aus der Hand geschlagen, und die Dame, deren Fuß du zerquetscht hast. Du verläßt das Abteil, du gehst in Richtung Bar. Als du einen Durchgang passierst, bemerkst du, daß deine Hände von roten und schwarzen Flecken übersät sind.

Du betrittst ein WC. Du pißt. Du wäschst dir die Hände mit Seifenflocken. Du streichst eine widerspenstige Strähne aus der Stirn. Du gehst auf den Gang zurück.

Die Ein-(kommen um sich entleeren zu lassen, Aufräumen durch Ausräumen; Aspirantinnen auf Aspiration. Absaugen Abbrechen Abtreiben. Jede Menge Termini, und wie werden die genannt, die? In einem medizinischen Käseblättchen für rückständige Allgemeinmediziner neulich nannte ein schlecht gemachter schlecht geschriebener wirrer Artikel sie »SSAler«.

Jawohl, Madame, SSAler, Schwangerschaftsabbrecher. Warum nicht Abverbrecher oder Abräumer. Absäuger, da wir schon mal dabei sind?

Funktion-Definition. Reflexion-Inspiration. Inspirieren Sie uns, wir aspirieren für Sie. Perspirierende Verehrer nicht anwesend, kein Platz für sie, überhaupt für niemanden mehr Platz, das ist ja gerade der Job: Platz schaffen) entscheidet A. über die Aufteilung. Heute (man weiß, wie der Hase läuft, und die Frauen wissen, daß man es für sie weiß, einerseits zwei untröstliche Rückfalltäterinnen *aber ich hab vergessen, wegen der Pille wiederzukommen* und andererseits eine dieser jungen Wöchnerinnen, über die es fünf Monate später wieder hereinbricht, wo sie noch ganz voll von dem der letzten Kleinen ist *dabei hatte ich gar keine Lust, aber Sie wissen ja wie das ist, ein Mann …*

Jene sind traurig, reden aber ganz anders. Meistens. Es ist eine Abwechslung von den freundlichen Höflichkeiten der Frauen, die so tun als ob. Man weiß, am Ausgang: Vorhang vor die Erinnerung. Selbst wenn sie im nächsten Jahr in drei Monaten wiederkommen, werden sie alles vergessen haben, sind immer *betrübt,* immer *untröstlich überrascht erstaunt, dabei müßte ich es doch seit damals wissen.* O ja. Müßten Sie.

Nervtötend.

Manche treiben es ein bißchen weit, das alte Liedchen von der armen Frau Mutter von acht Kindern davon vier vom Hausfreund der noch eins wollte letzte Woche aber heute Sie verstehen bei der Arbeitslosigkeit. O ja, sie treiben es, bis zur zweiundzwanzigsten, und dann gucken sie blöde! Da bin ich nicht zuständig. Hier lang, Milady! Zum Kanal, Ihre Engländer werden wiederkommen ... Oder es sind zwölf Wochen und *drei* Tage. Theoretisch. Allem Anschein nach. Jedenfalls nach dem, was der Stadtmedikus sagt. Der keine Ahnung davon hat. Aber Vermutungen. Ein kleiner Labortest, ein kleines unleserliches Papierchen, ein kleiner Anruf bei denen die so was dauernd machen jeden Tag den Gott werden läßt obwohl sie gar nicht an ihn glauben, schicke ich Ihnen Madame, die aufkreuzt, das Mieder prall bis zum letzten Loch. Fehlt nur, daß es beim Austasten schon an der Grenze ist (aber wenn wir sie zur Ultraschalluntersuchung schicken und es ist über die dreizehnte hat sie nicht die Mittel nach England zu fahren), dann sagt A.: *Mach du was du willst, aber sie ist wirklich eine arme Frau.*

Und wer steht wieder mal am Ende der Rohrleitung und schwitzt weil es nicht kommt? Dieser goldige Bruno) *wieder, um nach Ihnen zu sehen* (mit Ihnen zu reden, Sie zu überreden, Sie zu bestimmen, Sie jammern zu hören Sie so zu beschwören, daß nicht Sie; und vielleicht Sie ernsthaft darauf hinzuweisen, daß der Kerl im weißen Kittel seinerseits, was ihn angeht, von sich aus auch nicht) *den Frauen etwas zu essen bringen?*

– *Natürlich! Es ist fertig ... Sie haben noch Bera-*(Sie sind noch nicht fertig mit Ihrer Arbeit. Sie glauben doch wohl nicht, daß Sie sich dem entziehen können. Sie haben auch nach den Ausräumungen noch Kundendienst ... Aber ja! Sie geben Ihnen nicht nur den Auftrag, das für sie zu erledigen, sondern sie legen außerdem Wert darauf, wieder zu dem gleichen zu kommen, ins gleiche Behandlungszimmer traurigen Angedenkens, auf den gleichen unangenehmen Untersuchungsstuhl.

Die gleiche Visage, den gleichen Kittel, die gleichen Sätze, den gleichen Fingerling.

Wenn wenigstens nur die Schönen und Jungen und Frischen und Vernünftigen und Intelligenten wiederkämen, könnte man sich sagen. Oder wenigstens träumen. Denkste. Sie kommen alle wieder. Das heißt, fast. Das heißt, jede Sorte. Nur keine Vorurteile. Es geht hier nicht um die schöne Visage den schlauen Kopf und ach wie nett er ist. Es geht einfach darum, daß etwas Angefangenes auch zu Ende geführt werden muß. Fertig werden. Zum Abschluß gebracht.) Terminkalender zu sehen, der geöffnet auf ihrem Schreibtisch liegt.

– *Die Frauen zur Beratung sind da?*

– *Die zweite ja, aber die erste nicht* (Namen auf dem Block, die kleinen Bermerkungen gleich daneben: Wb.: Wiederholungsbesuch; Pb.: Pillenberatung; Prä. oder Post.: ohne Kommentar; Sp.: Spirale einsetzen. Anstelle des Toten)

– *Du hältst Beratungen ab* (abhalten, sich zurückhalten, sich verhalten, sich erhalten. Nur vorübergehend. Selbst wenn sie ein hübsches Gesicht und einen perfekten Körper sehen läßt. Wie die Patientin, die er (Lance noch mal) eines Tages empfangen hat: groß, brünett, gebräunt, hinreißend. Diesmal hatte er den Studenten nicht ins Behandlungszimmer gebeten. Doch nicht auf den Kopf gefallen. Nachdem er sie zum Ausgang begleitet hatte, hatte er sich schwerfällig hingesetzt, verlegen, bewegt, hatte kurz aufgelacht:

– *Ich verstehe, daß es Mediziner gibt, die ihre Patientinnen vögeln. Siehst du, diese Frau habe ich wegen einer angeborenen Nierenmißbildung operiert; sie hat vier Kinder bekommen, und sie hat noch denselben Körper wie vor zehn Jahren.*

Schweigen. Unterdrückte Wut des Studenten tief in der Feminismuskrise hält ihn wohl für einen Idioten. Warum beliebige Patientinnen vorführen und die Traumfrau für sich behalten?

Vielsagendes Schweigen. Lance hatte das Taschendiktiergerät hervorgeholt, um seinen Arztbrief daraufzusprechen. Er legt es wieder auf den Schreibtisch, sieht den Studenten mit den zusammengebissenen Zähnen an und sagt, jedes Wort betonend:

– *Es ist einer Frau nicht wirklich peinlich, daß jemand sie nackt sieht, wenn es bei einem Arzt geschieht. Was ihr peinlich sein kann, ist, daß man sie nackt sieht unter den Blicken eines Mannes.*

Der Student hatte ohne zu antworten aufbegehrt gegen den phallokratischen Kommentar seines geliebten Chefs.)

(Junger Idiot!)

– *Madame T ...*

Du läßt sie vor dir eintreten. Du siehst sie zögern, wohin sie sich wenden soll, oder siehst sie geradewegs auf das Behandlungszimmer losmarschieren, wobei sie unterwegs ein unhörbares guten Tag an die Assistentin richtet, die über ihren Ausguß gebeugt ist.

Sie tritt ein, und du mußt ihren Schwung manchmal brem-(hoppla, warten Sie! Kommen Sie hierher, wir fallen nicht einfach so über Sie her, kommen Sie, setzen Sie sich ein bißchen, wir arbeiten nicht im Akkord, wir haben Zeit, dies ist ein Zentrum für Familienplanung und Geburtenkontrolle, kein Gynäko-Center. Nicht das gleiche.

Drüben Anstrengungen bei Bäuchen, die sich nie füllen, oder Zangen-Kaiserschnitt-Cerclage bei denen, die sich zur Unzeit leeren ... Hier Verhütung-Behandlung von lau-fenden, norma-len, über-raschenden, un-verhoff-ten, zu leichten zu natürlichen Schwangerschaften. Noch genug Zeit sich hinzulegen. Erst mal reden wir ein bißchen, tauschen ein paar Worte, schließen oder erneuern Bekanntschaft, gewinnen Zu-trau-en)

– *Was kann ich* (lese in den Unterlagen auf den Knien. Weißes Beratungsblatt leer: »Prä-«, noch nicht präpariert (prä-abortiert versiert gewarnt also vorsichtig, aber nicht mehr lange). Orangefarbenes Blatt zum Ausklappen: »Post-«, wie ein Brief, der geschrieben, wieder herausgenommen, noch einmal gelesen wird. Aha! (roter Aufkleber oben rechts) schon hiergewesen. Na gut ... (auf der Innenseite) 1979 Dr. C., 1983 Dr. D., 1985 Dr. D. one more time. Gelbe Karteikarte, mit Büroklammer darangehängt farbige Zettelchen aus der Zeit der mechanischen Schreibmaschinen: Pb. oder »später Sp.« ...

Gut, also, besser man weiß, mit wem man es zu tun hat, letztes Aufpolieren Profi-Lächeln leutselige Worte:

– *Ich bin Doktor Sachs. Wir sind uns bisher noch nicht begegnet, glaube ich?* Oder:

– *Also, was gibt es Neues seit dem letzten Mal?)*

Bisweilen kommt sie, weil man ihr zum Kommen geraten hat *(... Das ist gar nicht leicht, man hat Angst, unfreundlich behandelt zu werden, aber man hat mir gesagt, hier)* mischt sie unter ihre Symptome die Beschreibung ihrer finanziellen (schuld ist der Chef, der sie drängt zu kündigen), ehelichen (der Mann der Freund der Kumpel hat sie belogen geschlagen verlassen) oder verhütenden (der Arzt, der ihr nie etwas sagt und sie wie eine Schwachsinnige behandelt ...) Schwierigkeiten

... den Faden eines ganz unspektakulären Rituals (so erholsam, zwei oder drei Frauen wegen kleiner alltäglicher Probleme dazuhaben: blutet ein bißchen zu stark oder nicht genug, die Vagina brennt ein bißchen, die Brüste da spannt es ein bißchen, der Leib aufgebläht das sind doch nicht die Eierstöcke?

Erholsam, weil die Angst hierbei nichts zu tun hat mit der Angst, daß man etwas Wachsendes da im Bauch hat.

Selbst die Angst vor diesem *anderen* Wachsenden (dem Ding mit den Scheren, dem, das verstümmelt und dahinrafft, das man nicht groß werden läßt, damit es *nicht* tötet, während man *sonst* tötet, damit man es nicht großziehen muß), ist leicht durch Worte zu beherrschen, wenn man beide Hände auf den Brüsten liegen hat *Nein, ich fühle nichts Ungewöhnliches es ist vermutlich ein Interkostalschmerz, ganz und gar gutartig, es dürfte* (in die Rippen gedrückt) *das hier sein, oder?*

– *Uiii!* (und dazu ihr Lächeln) *Also ist es nicht die Brust? Um so besser, ich hatte solche Angst ...*

Erholsam, weil nicht scharf abgegrenzt, verteilt: Augen müde Haare ausfallend Haut runzlig Hals pellend Rücken juckend Beine schwellend Hüften quellend, mit einem Wort, der ganze Körper und dazu noch das Herz, das hüpfende Herz. Und das von Bruno erst mal!) *wenn Sie sich bitte dort ausziehen wollen …*

Der Vorhang bewegt sich, als sie ihre Kleider ablegt. Diesmal bist du allein mit ihr im Behandlungszimmer. Den Rücken der Kabine zugewandt …

– *Soll ich mich oben auch frei machen?* (Und ob! Wird uns doch nicht betrügen uns frustrieren den Anblick ihrer Brüste vorenthalten wollen? Wenn Schönheit von dieser Welt ist, warum sie nicht an ihren Anfängen aufsuchen? Alle gleich! Sie glauben doch nicht im Ernst, daß sie uns nur das Gebiet zwischen Nabel und Knien sehen lassen können? In den Zeitschriften sabbeln sie über *Ganzheitsmedizin*, und wollen sich hier nicht ganz ausziehen … Oder man hat ihnen beigebracht, es so zu machen, damit es schneller geht. Noch so eine Gemeinheit der Schamberg-Spezialisten! … Die Frauen sind nicht immer wie Ach! Himmel Himmel Himmel, wenn ich nur daran denke … Sie hatte nichts gefragt, gar nichts, und sie war ohne alles hinter dem Vorhang hervorgekommen, wie schön sie war, und gebräunt, von oben bis unten kein weißer Fleck (das war zur Kontrolluntersuchung. Beim Mal davor mit Nachthemd sah man zwangsläufig nur den Unterleib) und Bruno (plötzlich naßgeschwitzt) sieht sie ohne zu zögern den Tritt hinaufsteigen und mit einem charmanten Lächeln ganz unschuldig fragen

– *Ich soll doch hier hinauf?*

– *Gargll …*

– *Wie bitte?*

– *Hrrmhh, Pardon, ich meinte* (Stimme tonlos) *ja, genau richtig …* und ein zitternder Bruno nähert sich der ruhig unbewegt auf dem Untersuchungsstuhl Liegenden und verheddert sich in den Schläuchen von Stethoskop und

Blutdruckgerät. Ein Glück, daß nicht bei ihm der Blutdruck gemessen wird. Kaum setzt er die Membran *(Rrrhhmmm ... Bitte tief atmen ...)* auf die runde vollkommene unfaßbare unwahrscheinliche unglaubliche Brust ein Traum wie ist so was möglich? Verwegen, vermessen, mit ersterbender Stimme

– *Sie haben um diese Jahreszeit Ferien in der Sonne gemacht?*

– *Ja, mein Freund und ich gehen jedes Jahr im Februar in ein FKK-Camp auf den Antillen ...*

An diesem Tag waren natürlich alle Fragen (nach Schmerzen in der Brust während der Regel im Schlaf bei Verlangen) unsinnig, ungeeignet, unangemessen, unnötig. Alle Gesten ungehörig. Der ganze Kerl unfähig)

... faltet die Hände auf dem Bauch oder läßt sie lang neben ihrem Körper liegen oder bedeckt schamhaft ihre Brüste, wobei sie deinem Blick ausweicht.

Du mißt ihren Blutdruck, du faßt ihr Handgelenk (ihre Hand, ihren Arm, dann die Brüste, den Hals, dann den Bauch, die Schenkel, die Beine, die Gelenke, alles was sich fassen läßt, nimmst du einmal in die Hände, Hände überall alle Winkel.

Nimm nur, das machst du nicht so bald wieder, nie wieder.

Lance, zu Hilfe! Schuft, du hast nichts gesagt, überhaupt nichts erklärt, bloß den Keim gelegt von dem, was du wußtest. Und jetzt, wo das hochkommt, wo das herauskommt wenn sie lang daliegt und sich austasten palpieren läßt ohne etwas zu sagen, was tun?

Traurig. So traurig.

Kerl im weißen Kittel = Arzt.

Arzt = neutraler und wohlwollender Handwerker.

Ausgebildet, zuzuhören und Leiden zu lindern. Der anderen. Nicht, um seine Dreckspfoten auf die zarten und unschuldigen Körper zu legen, noch viel weniger, um Rendezvous anzuregen vorzuschlagen vorzubereiten. Nicht mal kurze. Unmoralisch. Weiß nicht mal, ob es moralisch ist, auch nur daran zu denken, daß man das könnte, gegebenenfalls, wenn es sich so ergäbe, wenn gegenseitige Sympathie ein übriges täte ... Wenn wenigstens das Verbot nur ein gesetzliches wäre. Klasse. Gesetze sind dazu da, übertreten zu werden. Von Zeit zu Zeit könnte ... Das Dumme ist, daß sie gar nicht wollen! Sie sind ja gerade deshalb hergekommen, weil Dr. Sachs, ein seriöser Allgemeinmediziner (sie haben für dieses Wissen bezahlt) sich nicht über sie oder ihre Besorgnisse lustig macht, sie nicht gemein behandelt, sie aussprechen läßt, wenn sie sprechen müssen und möchten. Sie beruhigen wird. Sie betreuen wird. Sie nett väterlich behandeln wird. Distanz halten wird. Wenn er von angenehmem Äußeren ist, um so besser. Flirten gratis. Ohne Gefahr. Alles zum Besten der Frauen, daß ein gut gebauter Mann persönlich ihnen zuhört und sie behandelt) mißt den Puls, während du ihr Herz schlagen hörst.

– *Tief atmen ... Husten Sie ...*

Danach untersuchst du ihre Brüste, systematisch, nacheinander.

– *Tun Ihnen manchmal die Brüste weh zur Zeit Ihrer Regelblutung?*

Du legst die Hände auf ihren Bauch (das ähnelt Gesten der Liebe, das hängt von so wenigem ab: der Art, wie man es macht, zu sanft oder mit zuviel Druck, was könnte das zu heißen haben, die Hände eines Fremden auf wenn auch einverstandenen Frauen, Frauenkörper unter Männerhänden, da geht doch etwas vor, oder? Austasten palpieren streicheln. Die Abstufung liegt in den

Händen. Und in der Zeit, die vergeht, ein kleines bißchen zu lange, um nicht angenehm zu sein, ein kleines bißchen zu langsam, um wirklich … klinisch zu sein.

Zweideutige Berührungen. In den Grenzen des Annehmbaren. Und man geht schnell zu etwas anderem über)

– *Auch beim Verkehr tut Ihnen nichts weh?* (sofern Sie solchen haben! … Und mit wem? Oft? Wie ist es? Macht es Ihnen Spaß? Ekelt es Sie? Ist er schön? Sie lie… Ho! Stopp, ganz ruhig. Nicht der rechte Moment. Sie werden sich nicht genieren, davon zu sprechen. Wenn es soweit ist. Hinterher. Angezogen, dem Kerl im weißen Kittel, der die Hände dann auf Papier und um den Füller liegen hat, gegenüber. Dann werden sie sich den Seufzer entschlüpfen lassen, der andeutet, daß sie etwas zu sagen haben, die stille Bewegung des Kopfes, die einen sich unterbrechen läßt.

– *Ja?*

– *Ich wüßte gern … Ist es normal, daß ich gar keine Lust hab seit … dem Abbruch? Mein Freund findet das jedenfalls beunruhigend … Jedenfalls fragte ich mich, könnte ich eines Tages … Ich meine … Das kommt wieder, ich weiß ja, aber im Augenblick …*

Und wenn dann die üblichen Worte kommen *Wissen Sie, viele Frauen machen die gleiche Erfahrung. Es ist ziemlich normal. Daran ist nichts Ungewöhnliches. Es ist vollkommen verständlich,* ist damit die Frage etwa beantwortet?

Normalitäts-Attest. Der Arzt hat gesagt. Nicht gewagt. Das brauchte Zeit. Sau! Er liegt ja nicht selbst im Bett, Rücken an Rücken, und erregt sich allein über baumelndem Ding, weil, wenn sie nichts damit anfangen kann, nichts dazu beitragen kann, null! Sie, ruhig, friedlich, zusammengerollt, schlafend. Ermächtigung zur Kastration. Vorübergehend.

... oder aber, sie äußern, noch auf dem Untersuchungsstuhl liegend, einfach so, beiläufig

– *Wissen Sie, ich hab seit drei Wochen nicht mehr ...*

– *Sie haben kein Verlangen?*

– *Nein, eigentlich nicht ...*

im Frisiersalon-Ton, und sie lächeln, wenn der Roboter am Spekulum (es ist kalt, also ist es nicht menschlich, also ist es nicht gefährlich, also) klicken *Das ist durchaus verständlich) diesmal einen Abstrich machen, nicht wahr?*

– *Ähm, ich glaube ja ...*

Mit einem langen Wattestäbchen und einem hölzernen Spatel reibst du über die Öffnung (deutlich zu lesen wie ein Gesicht, verwittert zerknittert zerklüftet, oder gar nicht da, fast unauffindbar, kleines Tor eines eben erst geschlechtsreif gewordenen Mädchens, oder der weite Brunnen einer schon mehrfachen Mutter; die Zervix sagt einem was, und die Männer sehen sie nie, außer wenn sie über die Schulter unter der Lampe durchschauen kommen, kurz bevor die Sonde hineingeht.

Der einzige, der sie immer sieht, spricht sonderbar von ihr, sagt fremde, neuartige, eigentümliche Sachen. Die Frau weiß nicht, daß sie das da am Ende des Tunnels hat, sie spürt es nicht, nicht sehr jedenfalls, nicht für gewöhnlich. Nicht, solange man ihr da nicht etwas durchschiebt. Weiß nicht mal, wie das aussieht.

Also erklärt der Onkel Doktor mit den Händen *Ihr Uterus hat etwa die Größe meiner Faust,* ballt sie, hält sie hoch, zeigt die Seite, indem er die Schneckenhaus-Ansicht präsentiert, die eingerollter Zeigefinger und Daumen bilden *Sehen Sie, wenn man ein Spekulum hinein-*

bringt, sieht man eine Öffnung ein bißchen wie die hier, mehr oder weniger groß, je nachdem ob die Patientin schon geboren hat oder nicht, und mit dem Ende des Wattestäbchens reibt man so darüber … Unzweideutig. Visuell. Können das gar nicht mißverstehen … *und man betrachtet die Zellen unter dem Mikroskop, um beginnenden Krebs ausfindig zu machen.*

Hier im allgemeinen Schweigen ohne Kommentar.

Sehr witzig, der Typ! Nicht nur, daß er einen ausräumt, er verkündet auch noch, daß er Krebs bei einem sucht. Was für Katastrophen wird er noch erfinden?) spreizt du die großen Schamlippen. Du schiebst die zwei behandschuhten Finger der rechten Hand (gleich fertig, so endet es immer, letzter Akt, letzte Geste. Danach unterhalten wir uns vielleicht ein bißchen.

Vielleicht.

Kommt darauf an. Nicht in Eile: setzen wir uns wieder nach dem Anziehen, dem Gekritzel; sie auf dem Stuhl, Onkel .Doktor auf dem Schemel. In Eile: Abfertigung. Man macht seinen Job. Man wirft ein paar Worte auf die Karteikarte, man haut eine Verordnung hin *Gehen wir zur Sekretärin, damit sie Ihnen einen neuen Termin gibt!)*

Du merkst, wie der Zug langsamer wird.

Du schaust von dem Blatt auf. Du erinnerst dich dunkel, den Lautsprecher eben etwas ansagen gehört zu haben.

Du seufzt, du knurrst, du streckst dich. Dein Meer der Ruhe wird gleich von Leben wimmeln. Du beginnst deine Sachen einzusammeln. Du willst dich nicht den halb ärgerlichen, halb voyeuristischen Blicken der Reisenden aussetzen, die gleich in großer Zahl in den Waggon strömen werden. Du ziehst dich ans Fenster zurück.

Wie gewöhnlich herrscht auf dem Bahnsteig Hongkong-Gewimmel. Diesmal stehen dir zwei Sekretärinnen, eine alte Dame und drei Krawatten-Diplomatenköfferchen zu. Die ersteren werden abwechselnd ihr Make-up auffrischen und die jeweiligen Vorzüge ihrer Bürovorsteher durchnehmen. Die zweite wird ihr Lächeln ihren Mantel ihre Tasche gut festhalten. Die Knoten der Krawatten werden gleichzeitig oder im Wechsel zwischen zweimal Räuspern mit spitzen Fingern zurechtgerückt werden. Kennt man.

Als sich alle niederlassen, hast du vorsorglich die Blätter in einem einzigen Stapel auf deinen Knien gesammelt, die Aktentasche unter den Sitz geschoben gegen deine Waden gelehnt, die Stifte ins Etui gepackt. Du merkst, wie nach und nach der kalte Zorn in dir aufsteigt, der dich jeden Donnerstag zur gleichen Zeit überwältigt. All diese gleichgültigen Fremden, die da in ihren armseligen kleinen Leben eingemauert sind, wissen nichts von der Größe dessen, was du da unter ihren Augen erschaffst. Sie verbringen eine Dreiviertelstunde neben dir, ohne sich auch nur eine Sekunde vorzustellen, daß du ein Martyrium für sie erleidest. Na ja, vielleicht nicht unbedingt für sie. Aber für irgend jemanden mußt du doch leiden, oder nicht?

Du seufzt, und dann beginnst du innerlich höhnisch zu lachen. Heute hast du weniger als fünf Minuten gebraucht, um dich zu beruhigen. Was für ein Fortschritt. Du hebst den Kopf. Nein, niemand sieht dich an. Du schwankst zwischen wegpacken und weiterlesen. Das dumpfe Geräusch der Abteiltür hält dich davon ab, einen Entschluß zu fassen.

Sie hat einen hellen Wettermantel an und trägt eine Umhängetasche. Ihre Haare sind straff nach hinten gekämmt. Sie fragt, ob der unbesetzte Platz frei ist. Die alte Dame hat dich mit ihrem mütterlichen Lächeln geschlagen. Gekreuzte Beine werden nebeneinandergestellt und eingezogen, um sie vorbeizulassen. Verschiedenartige Blicke begleiten sie über Puderdosen und weiße Kragen hinweg.

Was will die denn hier?

Du siehst sie jeden Donnerstag auf dem Bahnsteig. Sie steigt vorn ein und geht dann im Gang an deinem Abteil vorbei. Aber sie ist bisher noch nie hier hereingekommen, es ist immer voll. An der Endstation kommt es manchmal vor, daß sie in den gleichen Bus steigt wie du.

Sie setzt sich neben die Dame, dir beinahe gegenüber.

Sie sieht dich eine ganze Weile an. Du glaubst auf ihrem Gesicht Traurigkeit zu entdecken und so etwas wie Trost, dich ihr gegenüber zu sehen. Sie beginnt ein Lächeln anzudeuten. Du bist eine Salzsäule. Vielleicht von der Unbeweglichkeit deines Blickes aus der Fassung gebracht, senkt sie die Augen.

Du hast gewisse Schwierigkeiten, ihr Alter zu schätzen. Zwischen 30 und 35 Jahren. Ihr Gesicht ist glatt, aber nicht kindlich. Ihre Kleidung sagt dir auch nicht viel mehr. Sie ist ... wie ein Buch ohne Umschlagillustration an einem Sonntagvormittag im Schaufenster einer Buchhandlung in der Provinz.

Sie kramt in ihrer Tasche, holt ein Merkbuch heraus (eins von den Riesendingern mit Klett-Verschluß), einen Stift, und fängt an zu schreiben. Sie schreibt schnell, trotz der Ruckelei des Zuges. Sie bedeckt mehrere Blätter auf Vorder- und Rückseite. Sie scheint sich auf keinen Fall unterbrechen zu wollen.

Die zwei Puderdosen sehen sie an, tauschen einen spöttischen Blick, glucksen. Eine von ihnen flüstert:

– *Klappt's denn mit der Inspiration?*

Sie erstarrt, hebt den Kopf, versucht zu verstehen, was da jemand zu ihr gesagt hat.

Schnell wie der Blitz fauchst du:

– *Wie bei Ihnen mit der Fassadenstreicherei!*

Die Puderdose fällt vom Gerüst.

– *Scheiiiße, mein Kleid!*

– *He, Vorsicht, nicht alles auf mich!*

Bevor die malvenfarbige Wolke sich gesetzt hat, wirft die Frau Stift und Merkbuch in ihre Tasche und flüchtet aus dem Abteil. Alle Blicke richten sich auf dich. Du lächelst mit heuchlerisch betrübter Miene. Lässig stehst du auf. Du legst deine Papiere auf den Sitz. Beim Hinausgehen bittest du die nette Dame innerlich um Verzeihung für die Störung, du wünschst den Puderdosen eine hohe Reinigungsrechnung, du kratzt dich ostentativ am Adamsapfel, als du an den Krawatten vorbeikommst.

Sie ist nicht weit gegangen. Sie steht mit dem Rücken an der Wand am Ende des Gangs und sieht zu, wie die Masten vorbeiziehen.

Du gehst nicht zu ihr. Du lehnst dich ans Fenster. Du siehst sie an. Sie legt ihren Kopf ans Metall und schließt die Augen.

Du bedauerst deinen Ausfall. Du hast das Gerede der Puderdose aufgenommen, als wäre es auf dich gemünzt gewesen. Sie hätte sicher anders reagiert. Indem du so hochgegangen bist, hast du sie nur in Schwierigkeiten gebracht. Du solltest dich bei ihr entschuldigen.

Du löst dich vom Fenster, du gehst in ihre Richtung, und du siehst, wie sie sich zu dir hin wendet. Ihre Augen geben dir Anweisung, nicht näherzukommen. Du schüttelst schwach den Kopf. Du kehrst ins Abteil zurück.

Du weißt nicht mehr recht, was du davon halten sollst. Du prüfst eingehend das Leinen der Sammelmappe auf deinen Knien. Deine Augen verfolgen die kleinen Linien des Überzugs, entdecken ein unsichtbares Motiv, konstruieren ein Labyrinth ohne Ein- und Ausgang. Du öffnest die Mappe, du versuchst zu ordnen, was du vorhin locker hineingeworfen hast. Über eine getippte Seite fordern dich die Worte auf fortzufahren.

Nach Beendigung jeder Bera-(ja, Madame! Ich lese mein Werk durch, und was geht Sie das an? Manche Leute putzen und pudern sich im Zug; ich wienere die ganze Woche im Kämmerlein meinen Füller, und donnerstags mach ich die Feinarbeit ...) ... und ein paar Rezeptformulare.

Mit den Akten unter dem Arm trittst du (Bleiben Sie sitzen, bleiben Sie nur sitzen, der Doktor geht schon weiter, Sie sind ja alle beide alle vier so beschäftigt mit diskutieren, wer würde denn da stören wollen) *keine Schmerzen mehr?*

Sie antworten nein oder schütteln den Kopf oder legen die Hand auf den Bauch.

– *Ein bißchen, aber es geht* (Das will ich hoffen (diese plötzliche Aufwallung von Haß und Wut), daß es geht, wo doch dieser nette Trottel Sachs (und dann tut sie noch so, als verstünde sie nicht, und der andere da an ihrer Seite schweigend dito) fast eine halbe Stunde lang ein Jahrhundert eine Ewigkeit die Sonde gehalten (die Schicht von getrocknetem Schweiß klebt noch am Hemd), in dem Loch ohne Boden gestöbert hat, das (Idiot von Stümper von Arzt *Ich danke Ihnen im voraus für das, was Sie für sie tun,* Sie können mich mal mit Ihrem Dank Sie Pfuscher der die Frauen nicht untersucht. Hat sich bestimmt gesagt, daß der Abtreiber einfach sehen muß wie er klarkommt, ist schließlich sein Job dafür wird er bezahlt) nicht gut gemessen bewertet hat (selbst schuld, mein Lieber! Du hättest bei dem, was dir den Rücken hinunterlief, als du die Pampelmuse nicht fühltest, nur ein bißchen mißtrauisch werden müssen *Hat man Ihnen schon gesagt, daß Ihr Uterus nach hinten abgeknickt ist?*

Erstauntes Gesicht *Ähm, ja, kann sein* der Frau. Aber sicher. Nur keine klare Antwort ...

Hilfe!

– *Ich kann sie nicht richtig fühlen.*

– *Du glaubst, daß die Frist überschritten ist?*

– *Ja ... Nein! ... Ich weiß nicht ...*

– *Sollen wir eine Ultraschallaufnahme machen lassen?*

Der nette Dr. Sachs seufzt mit erschöpfter Miene, zuckt die Achseln, dreht sich wieder der Patientin armen Frau zu.

– *Ach, nein, wir werden ja sehen ...*

Und er sieht.

Zuerst der kleinste der Stifte, der ohne anzustoßen durchgeht, durchrutscht wie nichts in die feuchten Tiefen, durch den sanften bequemen Muttermund ohne Widerstand. Na gut, dann einen größeren, 18: leicht; 22: oha, oha! 24: Olala! wie konnte man sich nur darauf einlassen? Und die Assistentin schüchtern *Wollen Sie gleich eine Saugkürette Nummer neun?*

Aber nein. Der Onkel Doktor weigert sich noch, in seinen Gesten das zu verraten, was ihm alles schon die Fakten zeigen. Aber nein, nicht doch, eine schlichte Sonde Nummer acht reicht bestimmt ...

Aber sicher.

Schlllupp! flutscht die Acht durch den wachsweichen Krapfen.

Und füllt sich sofort mit klarer Flüssigkeit.

Au weia! Wenn soviel da ist, ist es wohl ein bißchen über zwölf) nicht gewittert hat nach Ihrem netten Gesicht einer unschuldigen Frau, der abwesenden Miene einer, die vor allem nichts wissen will nicht da ist woanders ist in keiner Weise beteiligt ist.

Sehen Sie zu, wie Sie klarkommen! Sie sind der Abtreiber, ich bin nur das unschuldige und verzweifelte Opfer, ans Werk! (Brummen Spritzen die Auffangflasche füllt sich zunächst mit heller Flüssigkeit dann färbt sich die Sonde aber nicht sehr das läuft schlecht und dann läuft es nicht mehr, das packt nicht da drinnen, es gleitet wie in einer zu gut geölten Leitung, das Hin und Her der Hand, das Ziehen-Schieben-Drehen des Handgelenks bringt nichts, das Gerät brummt immer im gleichen Rhythmus, aber im Schlauch nichts mehr.

Gut, zieht man sich eben zurück, schaut ein bißchen auf den Eingang. Nichts. Also ist es drinnen, wo es hapert. Die weiße Substanz möchte das Bett hüten. Noch mal von vorn) sagt nicht aber denkt die Frau mit dem leeren Blick, während der Galan der Kumpan der Ehemann, wenn er da ist, auf seinem Stuhl sitzenbleibt, ohne sich zu rühren ohne jemanden zu sehen anzusehen einzusehen ...

Später, viel später im Ruheraum werden der Austausch von Blicken eines Durchschnittspaares, werden eure überraschten Augen *Ah ja, so weit fortgeschritten war das schon?* die deutliche Lust gären lassen, euch alle beide nach allen Regeln der Kunst zu erwürgen (Schlooorpssfflll! ... Verdammt, das hängt! Aber warum kommt es nicht? Na dann nicht, greifen wir zu stärkeren Maßnahmen. An der Sonde ziehen, ohne den Luftregler zu lockern, saugend ziehen und will gehängt sein, wenn die Spindel nicht folgt ... Ah ja, selbstverständlich, das zieht ein bißchen an den Seiten, aber nur keine Aufregung, eine Gebärmutter wie die Ihre ist gut befestigt, bevor man die abreißt – Aha, da ... *Stellen Sie das Gerät ab. Danke. Halten Sie mal ...* Fisch uns das mal raus, Longuettchen, diese festsitzende klebrige Spindel (ploff!) in die Nierenschale ... Gut, wir werden es zu Ende bringen können.

Denkst du ...

Denn du hast gut sagen *Eine neue Nummer acht bitte,* das kratzt noch immer nicht, da kommt immer noch was, Blut Trümmer weißer roter rosa Schleim, da hinten in der Auffangflasche, aber nicht das, was man erwartet, und die Stirn perlt und juckt und du kannst dir die Nase nicht kratzen, und das Handgelenk wird davon ganz steif, und teuflisch wird es, wenn du denkst, daß du niemals aufhören wirst dieses Miststück von Sonde zu bewegen, sie auszuräumen diese bodenlose endlose maßlose Höhle, weißt nicht mal, wo du dich befindest, blindes Absaugen und es kommt immer noch was und ... das fehlte gerade noch! Jetzt blutet es, du ziehst die Sonde zurück du schaust aber alles was du siehst ist Blut die Sonde rot bis zum Heft, die Zervix spritzt die Vagina überschwemmt das Spekulum läuft über, schnell, Kompresse (flock) Kompresse (flock) und noch mal) denn Sie wissen nicht werden nicht wissen wollen nicht wissen was es heißt am Ende zu sein, Sie haben jegliches Licht des Verständnisses gelöscht, alles was Sie wollen ist daß das gemacht wird na gut es ist gemacht, aber wahrhaftig, nie wieder! Das war das letzte Mal, nie wieder eher krepieren, scheren Sie sich sonstwo hin, lassen Sie sich sonstwo ausräumen, hier hilft kein Arschkriechen, brauchen sich nur früher zu überlegen, daß man es nicht zu weit treiben darf (Knurren Kullern Kollern, das Blut tropft jetzt vom Spekulum auf das Laken, du hast gut aufwischen mit Kompresse auf Kompresse, es rinnt weiter, wenn das so stark blutet, dann ist noch was übrig, Auffangflasche halb voll ein halber Liter schon o Scheiße ... Zack! Luftregler, stopp, anhalten.

Handrücken über Stirn (du scheißt auf Aseptik), die Brille die beschlägt tropft abnehmen, in die Tasche stecken muß nicht alles sehen *Geben Sie mir eine Saugkürette Nummer neun.*

Du hättest damit anfangen sollen, sagen die Augen von A.

Sie zupft in Gedanken an deinem Ärmel (die Frau, unbewegt und aufgequollen auf den Einbalsamierer wartend, braucht sie nicht) *Eine Zehner wäre besser* und nickt zur Sicherheit.

Also meinetwegen eine Zehner. So starr, wie eine Karman-Sonde flexibel ist. Durchsichtig wie ein Reagenzglas. Am Ende ein leichter Knick, vor dem Muttermund, und schwieriger hineinzubringen. An der Kugelzange ziehen, über den Daumen peilen mitten ins Blutbad, ziehen drehen daaa! Vor Ort. – Oh? Madame windet sich doch ein wenig? Schadet nichts. Unerfreulich, wissen Sie, der Eindruck, daß man eine Mumie ausräumt. Sie lebend zu sehen ist, wie soll man sagen ... erträglicher. *Stellen Sie an!*

Wenn das jetzt nicht klappt, Kittel abgeben.

Brummen dumpfer, die Saugkürette packt besser da drinnen. Nicht möglich, hin und her zu fahren wie vorhin, allerhöchstens kleine Bewegungen aus dem Handgelenk zur Richtungsänderung, dauert nur einen Augenblick, und wie lange bist du dran, schon eine Ewigkeit. Weiß der Teufel (die Uhr scheppert in der Tasche gegen die Brille, nehme sie immer vor dem Anziehen der Handschuhe ab) und das haftet, Vierteldrehung, das faßt, Vierteldrehung, das haftet Scheiße Scheiße Scheiße, Vierteldrehung das – Ah! Das ist es, das kommt gut jetzt überall, sag bloß, was sie noch alles für sich behielt, gut so, das kommt, Schmerz im Handgelenk weniger, die Saugkürette packt, die Frau übrigens (Grimassen) findet auch, daß es lange dauert, machen Sie doch mal Schluß *Geben Sie mir bitte wieder eine Acht),* Sie brauchen nur daran zu denken, daß für den Kerl im weißen Kittel Ihr leerer Blick unerträglich ist, zum Kotzen, Ihr schmieriges Erstaunen *Es dauert aber viel länger als man uns gesagt hatte!*

– Ja, Monsieur, weil die Schwangerschaft sehr viel weiter fortgeschritten war (würde Sie gern umbringen!), *als Sie dachten, deshalb lege ich Wert darauf, Ihnen zu sagen* (und die Acht kratzt jetzt, geht hin und her, fast Freude beim Anblick der entgleisten Züge der Mumie, ja du spürst sie jetzt, du kriegst ein bißchen was ab, du bist wieder unter uns, eine kleine Vierteldrehung, zwei kleine Vierteldrehungen (Muß mich überzeugen Madame daß es überall hübsch kratzt, bevor ich meinen Job beende) drei kleine (Tut mir ja leid daß es so weh tut aber was sein muß muß sein ich möchte nicht nach der Auszählung noch einmal an die Urne gehen müssen) Vierteldrehungen – daaa, zack! (Schloorpfff ...) *Danke.* Diesmal ist wirklich Schluß!), *daß, wenn ich heute diesen Abbruch (Bewegen Sie sich nicht, Madame, wir kontrollieren ...) der Schwangerschaft durchgeführt habe, ich mich außerhalb der legalen Frist befand, und es auch nicht für eine Sekunde in Frage kommt, daß sich so etwas wiederholt, und es ist zu Ihrem eigenen* (verfluchter Lügner)

Besten, wenn ich mich (zusammennehme, sie nicht erwürge. Der Augenblick, wo der wohlmeinende schnurrbärtige Mann draußen den Kopf schüttelt und Pille und Spirale und alles andere zurückweist *Sie verträgt das nicht,* ihm fast an die Gurgel springe, ihn anschnauze *Ah, dann ist es Ihnen lieber, wenn sie wieder abtreiben läßt?* ihn sich zusammenkrümmen sehe, ganz erstaunt, daß der wohlwollende entgegenkommende (so sauber arbeitende) Onkel Doktor sich einen Anfall leistet ... Denn schließlich! Während dieses zeitlosen Augenblicks, in dem der unerwünschte Organismus durch seine Hände lief, hat das Blut des Profis nicht zirkuliert, und das angehaltene Herz beginnt gerade erst wieder zu schlagen, und das Handgelenk tut weh, und der Rücken schreit mörderisch, und die Beine hören gar nicht auf zu schlottern und was zuviel ist ist zuviel: wenn man die kleinen Sächelchen absaugt bei Frauen, die für etwas zahlen, für das sie nichts können, kann man großzügig sein, aber wenn die Schwangere schon alles geschluckt verschlungen vereinnahmt hat und auf dem Untersuchungsstuhl liegt und abwesend nicht vorhanden nicht betroffen ist, und wenn, während der Schlauchner schnüffelnd unter der Lampe in der Nierenschale manscht, der bis dahin unbewegte Schnurrbärtige mit leicht verärgerter Miene aus seinem Schweigen herauskommt:

– *Sind Sie bald fertig?*

– *Ja, ich muß mich nur überzeugen, daß wir tatsächlich alles herausgeholt haben ...*

– *Na gut, denn während der Zeit verstehen Sie ist der Laden geschlossen, Sie wissen ja wie das mit so einem Geschäft ist, wir können also bald gehen?*

...

plötzlich Lust, ihnen alles in die Fresse zu schleudern

die Sammelmappe den Brei die Papiere und ihn am Schlafittchen zu packen ihn an den Ausguß zu schleifen und ihm die Nierenschale die Zange unter die Nase zu halten und die Operationslampe obendrein kommen Sie sehen Sie nur mein Alter das ist lehrreich, mit fünfzehn Wochen ist das nicht mehr nur Erdbeermus mit Sahne, das ist Johannisbeerkonfitüre mit ganzen Früchten, sehen Sie, nehmen Sie die Zange, nun nehmen Sie sie schon! Rühren Sie wühlen Sie stöbern Sie, Sie werden da interessante Sachen sehen, hier dieses winzige Füßchen, da ein hübsches Rückgrat und diesen wohlgeformten Arm und die großen schwarzen Augen richtige Guckerchen

Ach Scheiße.

Es ist besser in dem anderen Raum.
Es ist ruhiger.

Vor allem, wenn sie allein ist. Wenn sie niemanden erwartet, wenn sie nur darauf wartet, daß sie etwas essen kann, daß sie wie versprochen Besuch vom Arzt, wie vorgesehen die Verordnung, wie vereinbart das gelbe Blatt mit den verschiedenen und verschiedenartigen Anweisungen bekommt. Wenn sie nur darauf wartet, aufstehen, sich anziehen, fortgehen zu können.

Es ist gut, wenn sie sich nicht in sich selbst zurückgezogen hat. Wenn sie sich beim Geräusch der Tür umdreht, ein bißchen lächelt beim Anblick des Mannes im Kittel, wenn sie sich aufrichtet und sich im Bett hinsetzt. Wenn sie bereit ist ihn anzusehen. Wenn sie bereit ist zu sprechen.

Es ist gut, wenn sie im Bett sitzt. Bereit jemanden zu empfangen. Sie hat keine Schmerzen mehr, sie macht kein trauriges Gesicht. Oder höchstens für sich, ja, aber nicht für den, der da hereinkommt.

Sie sagt, es ginge besser. Sie sieht den Mann im Kittel

sich auf einen Stuhl ganz in ihrer Nähe setzen, in seinem Stoß von Papieren blättern und von unten eine Akte herausziehen, die ihren Namen trägt. Sie sieht ihn ein Rezeptformular nehmen. Schreiben. Sie antwortet ohne Ungeduld. Sie antwortet mit ja oder nein. Manchmal, ja, hat sie auch eine Frage. Sie stellt sie. Sie fragt, ob es irgend etwas Besonders zu beachten, irgendwelche Vorsichtsmaßnahmen zu treffen gibt.

Was für Vorsichtsmaßnahmen?

Na ja, für die kommende Zeit, ob es keine Komplikationen, Infektionen, Blutungen geben wird. Und dann ... wann kann ich es wieder versuchen?

Wieder versuchen?

Bei dem verdutzten Gesichtsausdruck des Mannes im Kittel errötet sie.

Ja. Es ist vielleicht dumm zu fragen. Wieder anfangen mit dem Verkehr. Wieder versuchen schwanger zu werden.

Sie sieht, daß er nicht begreift. Sie erzählt.

Die Geschichte begann mit Nierenkoliken. Ein Arzt verschrieb Röntgenaufnahmen. Zur gleichen Zeit blieb die Periode aus.

Die einfache Geschichte einer Frau, die glücklich ist, schwanger zu sein, und die die Welt um sich zusammenbrechen sieht, als der Arzt ihr kühl mitteilt, daß, da die Röntgenaufnahmen nach der vermuteten Empfängnis gemacht worden seien, nicht wahr, doch das Risiko einer Mißbildung ...

Die Geschichte der schmerzlichen Entscheidung zwischen Wunsch und Angst. Angst vor den unsichtbaren Strahlen, die dir durch die Haut gehen und Bilder vom Skelett malen.

Der Mann im weißen Kittel sieht sie sich die stillen Tränen abwischen, die ihr in die Augen getreten sind.

Sie sagt Deshalb wollte ich wissen ob ich bald. Es wieder versuchen kann.

Er sagt Wann Sie wollen. Wann Sie Lust dazu haben. Nächsten Monat. Die Strahlen haben sich nur (er zögert, sie weiß nicht, daß er sich beherrschen muß, um nicht »vielleicht« zu sagen) auf die vergangene Schwangerschaft ausgewirkt. Sie wirken bestimmt nicht auf die nächste ... Wollen Sie es gleich wieder versuchen?

Sie sagt Ja. Nein. Ich weiß nicht. Ich wollte wissen, ob man eine bestimmte Frist einhalten muß.

Er sagt Es gibt keine. Sogar noch in diesem Monat ...

Sie verschränkt die Arme und schüttelt den Kopf. Nein, ich werde einnehmen, was Sie mir verschreiben. Man hat mir gesagt, das sei, damit der Uterus verheilen kann.

Er sagt Ja, nach der Absaugung.

Gut, ich werde es einnehmen. Es ist besser. Ich warte lieber ein bißchen.

Der Mann im Kittel weiß nicht mehr, was er sagen soll. In ihm kämpfen Trauer, Wut und Beschämung miteinander.

Wut auf den Arzt den Radiologen, die sie in die Enge getrieben haben, die Stümper es ist nie bewiesen worden daß eine so schwache Dosis Röntgenstrahlen, sie hätten sie beruhigen können oder die Klappe halten, aber nein! Sie mußten das Maul aufreißen, und zwar erst *hinterher*, statt sie *vorher* zu fragen, ob sie vielleicht zufällig. Und der Typ der Mann der Geliebte, wo steckt der, was treibt der, warum hält er es nicht für nötig der Scheißkerl heute mit ihr hierherzukommen?

Beschämung, weil man nicht früher versucht hat, etwas zu erfahren.

Ha, wenn er das gewußt hätte, er hätte ihr was dazu sagen können! Er hätte ihr versichert, steif und fest behauptet, bewiesen mit Dokumenten A plus B zur Unterstützung seiner Halbgötter-in-Weiß-Stimme, daß es kein Risiko gab. Daß sie ihr Baby wachsen lassen, sie ausfüllen lassen könnte. Er hätte sie errettet. Entrissen hätte er sie den eigenen Ausräumer- und Killerhänden. Er hätte sie alle beide gerettet. Wenn er die Zeit dazu gehabt hätte. Die Kraft.

Ja. Wenn.

Er seufzt, er sagt Machen Sie sich jetzt Vorwürfe?

Sie zuckt die Achseln Ja. Ein bißchen. Aber ich bereue es nicht. Ich hätte es nicht ertragen, mit diesem Zweifel zu leben. Und es war leichter, gleich damit Schluß zu machen.

Sie schweigt, dann fragt sie ganz leise Man sieht nichts, nicht wahr? Wenn Sie ... es wegnehmen, sehen Sie nichts?

Er hält den blitzenden Füller krampfhaft fest, schraubt den Deckel auf und ab.

Nein, man sieht nichts. Nichts, das irgendwie menschlich aussähe. Vor allem, wenn es so ... jung ist. Wenn die Schwangerschaft gerade erst begonnen hat.

Sie sagt Und deshalb soll ich nach drei Wochen noch einmal einen Test machen lassen?

Ja, deshalb. Damit wir uns vergewissern, daß wirklich nichts mehr da ist.

Sie schweigt. Er schreibt wieder. Er schreibt seinen Namen oben links hin, ihren Namen rechts auf die gleiche Höhe der Seite. Er schreibt die Verordnung aus. Er sieht auf. Er hält ihr das Blatt hin.

Er sagt Man wird Ihnen etwas zu essen bringen. Er weiß nicht, was er sagen soll, auf Wiedersehen schönen Tag noch scheint ihm sinnlos, also sagt er nichts, er begnügt sich mit einem Kopfnicken und einem Lächeln, dreht sich um und geht zur Tür.

Er hört sie scharf die Luft einziehen.

Mit der Hand auf der Klinke dreht er sich um Ja?

Sie hat die Hand auf den Mund gelegt, sie sagt Ich möchte Sie etwas fragen. Ich bin heute hergekommen, weil man mir gesagt hat, daß man bei weniger als zehn Tagen Verspätung nur eine ... Periodenregulierung vornehmen würde, ja? Ich bin ... Sie haben aber eine Absaugung bei mir gemacht. Aber wenn die Abtr... die Schwangerschaftsabbrüche auch durch Absaugen gemacht werden, wo ist da der Unterschied?

Er läßt die Klinke los. Er zieht eine Grimasse, kehrt zurück, bis er ihr direkt gegenübersteht. Mit einer Hand drückt er die Unterlagen fest an sich. Mit der anderen klammert er sich an die Metallstange am Fußende des Bettes. Er spricht mit Mühe.

Es ist mehr ein ... administrativer Unterschied. Die Art der Buchung ist eine andere. Es wird nicht der gleiche Preis berechnet. Und außerdem meint man, daß es weniger ... schwer ist für manche Frauen, wenn man es nicht als Schwangerschaftsabbruch bezeichnet.

Aber es ist das gleiche, ja?

Ja, klar. Sie wissen es. Es ist das gleiche.

Du hast zwei Striche unter den letzten Satz gezogen.

Du hebst den Kopf. Die alte Dame, die die Tasche immer noch genauso hält, tut so, als hätte sie dich nicht angestarrt.

Du bist nicht recht zufrieden mit dem, was du gerade geschrieben hast. Wie so oft weißt du nicht, warum du das geschrieben hast. Vielleicht um deine Wut loszuwerden. Vielleicht um nicht an die Frau zu denken, die dann auf dem Gang verschwand. Vielleicht auch, weil du seit Wochen ununterbrochen diesen Stapel auf deinen Knien liest, ohne daß es dir gelingt, dich von der Verwirrung zu befreien, die ihn hervorgebracht hat und die bei jedem Lesen wieder auflebt; ohne daß es dir gelingt, ihn zu überarbeiten, zu korrigieren, umzuschreiben, etwas daraus zu machen. Dir gelingt nur, weiterzuschreiben. Du kannst nur sammeln.

So kann das nicht weitergehen.

Sobald du dich ans Schreiben machst, wallen die Erinnerungen auf, platzen wie Blasen an der Oberfläche deiner Augen. Sie steigen auf, schwellen an, werden riesig, unkontrollierbar. Sie sammeln sich in den Randbemerkungen, auf den Rückseiten der Blätter, füllen weitere Notizblöcke. Du läufst davon über.

Und wenn du es wieder liest, scheint dir das, was du siehst, schäbig und armselig, die Worte sagen fast immer etwas anderes als das, was du gedacht hast. Was da schwarz auf weiß steht, scheint dir farblos im Vergleich zu dem, was sich hinter deinen Augen drängte. Du stellst fest, daß beim Schreiben schließlich wenig übrigbleibt.

Du liest wieder, und die Sätze scheinen dir flach und formlos. Deine Stimme stottert, und über dieser Stimme werden Stimmen und Gesichter sichtbar und widersprechen dir, nehmen deine Worte auf und machen sie sinnlos.

Nur im Kopf entstehen die Bilder, nur dort leben sie. Die geschriebenen Worte enthalten nichts.

Dein schönes Manuskript in der Aktentasche kommt dir schwer vor, kommt dir unförmig vor, wenn es das Leder spannt, und du weißt, daß die Seiten wüst und leer sind. Wie übersättigte Termiten haben deine Gedanken aufgehört, auf ihnen zu wohnen. Von weitem scheint die Materie gesund und solide. Wenn du sie aber betastest, bedecken sich deine Finger mit einer pulvrigen Substanz, die die von den Parasiten gefressenen Löcher verbarg.

Chrrrssschuiiitersailles-Chantiers! Eine Minute Aufenthalt. Meine Damen und Herren, wegen der Arbeitsniederlegung eines Teils der Bahnbetriebsangehörigen fährt der Zug heute ausnahmsweise nur bis Paris-Vaugirard. Autobusse im Pendelverkehr halten die Verbindung von dort nach Paris-Montparnasse aufrecht ...

– *Bougirare, wo ist das?* fragt die alte Dame, die ihre Tasche noch fester an sich preßt, nervös.

Die drei Krawatten stürzen sich in eine Wirtschaftlichkeits-Analyse der Produktivität von Beamten.

Die zwei Puderdosen wippen. Ganz offensichtlich macht es ihnen Spaß, ein bißchen zu spät zu kommen.

Du schraubst die Kappe deines blitzenden Füllers wieder auf. Du klemmst ihn am Hemdkragen fest. Du räumst die Blätter in die Sammelmappe. Du bindest das weiße Leinenband zur Schleife. Du schiebst die Mappe in die Aktentasche.

Du streifst die Hemdärmel herunter. Du stehst auf. Von der Gepäckablage holst du den Pullover. Du ziehst ihn an. Du ziehst die Jacke an. Du schließt den Reißverschluß bis zur Klammer des Füllers. Du setzt dich wieder.

Die anderen Reisenden werden unruhig. Die alte Dame

hat das Abteil schon verlassen und dürfte sich vor der Waggontür aufgestellt haben. Sie wird bestimmt den Rest der Fahrt brauchen, um den Öffnungsmechanismus zu studieren. Die Krawatten stehen auf und rüsten sich zwischen zwei Börsenbewertungen. Die Puderdosen tauschen Papiertaschentücher aus.

Die drei Männer verlassen das Abteil. Sie schließen die Tür hinter sich, ohne sie zuzuknallen. Der eine nickt auf Wiedersehen.

Die zwei Frauen prusten los. Sie gehen dir auf die Nerven. Du versuchst, sie mit langen, vorn geknöpften Nachthemden auszustatten und sie auf den Untersuchungsstuhl zu legen. Es gelingt dir nicht. Du zuckst die Achseln.

Sie sehen eben nicht danach aus.

Der Zug fährt langsam. Draußen strahlt die Sonne, aber es ist wahrscheinlich kalt. Auf einem benachbarten Gleis haben Männer ein Kohlenbecken angezündet. Du ziehst den Reißverschluß deiner Jacke bis zum Kinn hoch.

Deine Armbanduhr zeigt 9:37.

Entlang den Gleisen ziehen unbekannte Gebäude vorbei.

Am Fenster einer Wohnung im Erdgeschoß hat ein kleines Mädchen die Nase an die beschlagende Scheibe gedrückt und schaut den vorbeifahrenden Zug an. Du wunderst dich, daß sie es noch nicht satt hat.

Der Zug hält. Die zwei jungen Frauen schließen sich der Schlange an, die sich durch den Gang schiebt. Du bleibst im Abteil sitzen. Du überlegst.

Du stehst auf. Du hast dich entschieden.

Du öffnest die Aktentasche. Du nimmst die Sammelmappe heraus und wirfst sie ohne zu zögern unter die Bank gegenüber. Du flüchtest in den leeren Gang. Du springst auf den Bahnsteig. Du gehst schnell, du läufst fast. Das Schloß der Aktentasche springt auf. Ohne anzuhalten versuchst du es zu schließen. Das Schloß will nicht.

Du holst die Menge ein. Schilder leiten dich zur Haltestelle des Einsatzbusses. Du steigst in das zum Bersten volle Fahrzeug. Du suchst mit den Augen zerstreut nach der Frau mit den zurückgekämmten Haaren. Sie ist nicht im Bus. Die Türen schließen sich mit einem Zischen, das sich aus dem Vibrieren von Glas und gespanntem Gummi zusammensetzt. Du hältst dich am Mantel deines Nachbarn fest, um beim Anfahren nicht hinzufallen.

Du erkennst den Boulevard. Dir wird klar, daß der Einsatzbus seine Fahrt nicht weit von der Haltestelle des 96ers beenden wird. Zum Glück sind deine gewohnten Orientierungspunkte zu sehen.

Du stehst noch unter Schock. Dein Kopf ist leer.

Später wirst du einen Kloß im Hals spüren, wenn du daran denkst, daß ein Bahnangestellter deine Arbeit entdecken wird, daß er sie er zweifellos ins Fundbüro bringen wird, daß ein Bürovorsteher das Fundstück prüfen wird auf der Suche nach einem Hinweis auf den Besitzer. Den er nicht finden wird.

Vielleicht veranlaßt er seine Kollegen, es zu lesen, und sie lachen fett Also wirklich es gibt doch komische Leute.

Du wirst nicht umkehren und es holen. Du wirst standhalten. Jahr und Tag, wenn es sein muß.

Du steigst aus dem Bus. Du marschierst fröstelnd über

den Bahnhofsvorplatz. Du hältst vor einem Feinkoststand an. Du wählst Obst aus. Die saftigsten Früchte. Die, die man für teures Geld aus den Ländern kommen läßt, in denen immer die Sonne scheint. Du kaufst ein Pfund. Du gehst wieder zur Haltestelle des 96ers. Vor dem Wartehäuschen diskutiert der Fahrer mit einem Kollegen. Du steigst vorn ein. Du wirst dich ganz hinten hinsetzen. Du legst die Tüte mit dem Obst auf die Aktentasche, die Aktentasche auf deine Knie. Du wartest auf die Abfahrt.

Der Fahrer läßt den Motor an.

Die Aktentasche auf deinen Knien fühlt sich an wie ein Reifen ohne Luft. Schlaff. Ein leerer Balg. Du beginnst Atembeschwerden zu spüren. Die Türen des Busses seufzen statt deiner, schließen sich. Das Fahrzeug fährt an, und im gleichen Moment spürst du das Bremsen, du siehst eine Gestalt auf der Straße laufen, siehst die Frau mit den zurückgekämmten Haaren außer Atem vorn einsteigen. Sie wühlt in ihrer Tasche und dankt dem Fahrer und zeigt ihm ihre Karte. Der Bus fährt wieder an. Sie schaut sich um. Eure Blicke kreuzen sich.

Du ziehst eine Grimasse.

Sie zögert, geht dann durch den Mittelgang auf dich zu. Weniger als einen Meter entfernt, hält sie an, bleibt stehen, schöpft Atem, während sie sich an einer Haltestange festhält.

Schließlich läßt sie die Metallstange los, um wieder in ihrer großen Tasche zu wühlen.

Sie zieht die Sammelmappe hervor.

– Sie haben sie in dem Abteil vergessen.

Du hattest nicht gesehen, daß sie graue Haare hatte. Du hieltest sie für deines Alters, aber sie muß um die Vierzig sein.

– Sie hatten sie vergessen, nicht wahr?

– Nein, ich hatte sie aufgegeben.

Ihre Reaktion erstaunt dich: sie drückt die Sammelmappe an sich.

– Warum haben Sie so etwas getan?

Du atmest tief ein.

– Das ist eine lange Geschichte ...

Der Autobus bremst, beschleunigt wieder. Fast wäre sie hingefallen, sie hält sich gerade noch an der Stange fest. Schließlich setzt sie sich, in einiger Entfernung.

– Ich verstehe nicht. Jeden Donnerstag sehe ich Sie im Zug schreiben. Für mich ist das, was man schreibt, wertvoller als alles auf der Welt ... Ich dachte, daß auch für Sie ...

Das weiße Band hängt um ihren Arm und streicht im Rhythmus der Stöße über ihren Rock.

– Für mich auch.

– Also warum dann?

Du kratzt dich im Nacken, bevor du antwortest.

– Sie haben nicht nachgeschaut, um was es sich handelt?

– Natürlich nicht! Ich wußte, daß es Ihnen gehörte. Ich bin gerannt, weil ich Sie schon mehrfach den 96er hab nehmen sehen; ich wußte, daß ich Sie hier treffen würde. Ich war froh, daß ich Sie eingeholt hatte, ich dachte, Sie wären unglücklich, weil Sie es ... verloren hatten.

– Das war ich auch. Wenn Sie mich nicht erwischt hätten, hätten Sie es dann gelesen?

– Nein. Ich glaube nicht. Ich hätte es Ihnen am nächsten Donnerstag mitgebracht.

Sie entfernt die rote Sammelmappe von ihrer Brust, hält sie einen Augenblick vor sich, betrachtet sie und reicht sie dir schließlich mit einem mißtrauischen Blick.

– Es ist Ihres. Ich weiß nicht, warum Sie es haben aufgeben wollen, aber daraus ist nichts geworden!

Du löst die verschränkten Arme. Du nimmst die Mappe entgegen. Du steckst sie in die Aktentasche.

Widerwillig sagst du Danke das war sehr freundlich von Ihnen.

Sie ist wieder sprachlos, sie scheint über dein Verhalten wie erstarrt. Sie steht auf.

– Na gut, auf Wiedersehen.

Der Bus bremst, hält. Die Türen öffnen sich zischend. Sie springt hinaus aufs Trottoir.

Du ziehst wieder eine Grimasse.

Du starrst sie an. Sie hat sich umgeschaut, ist deinem Blick begegnet, ohne sich etwas anmerken zu lassen, und hat sich gleich hinter den Fahrer gesetzt. Sie hat das Merkbuch aus der Tasche genommen. Sie schreibt. Ohne sich um die Ruckelei des Busses zu kümmern, schreibt sie und schreibt. Von Zeit zu Zeit hebt sie den Kopf und wirft dir einen Blick zu, wie um sich zu überzeugen, daß du noch an deinem Platz bist.

Du wirst sie nicht ansprechen. Du löst die um die Aktentasche und die Tüte mit Obst verkrampften Arme; der Saft tränkt und durchfeuchtet inzwischen das Papier. Während sie schreibt, sprichst du in Gedanken mit ihr.

– Sie haben recht. Es ist meins.

Das weiße Leinenband kommt unter der Lederklappe hervor, streicht im Rhythmus des ruckelnden Fahrzeugs über deine Hose. Du schiebst es nicht ins Innere der Tasche zurück. Du öffnest die Papiertüte, nimmst eine Frucht heraus. Du beißt hinein. Du läßt dir den Saft über das Kinn und die Hände laufen.

Du sagst: Schreiben heißt etwas in sich töten, um weiterleben zu können.

Du verschlingst den gesamten Inhalt der Tüte zwischen Montparnasse und Odéon.

Freitag

Wie es dir so oft passiert, wirst du ohne Grund den Hörer abnehmen, automatisch, und die Stille wird dir sagen, daß am anderen Ende der Leitung schon jemand ist, daß du einen Anruf beantwortest, bevor die Telefonklingel hat läuten können.

Und dann, in dieser Stille, wird dein Name kommen.

– *Bruno?*
– *Ja, ich bin da.*
– *Es hat nicht geläutet ...*
– *Ich habe dich gehört.*
– *Bruno, er ist positiv ...*

Du wirst nichts sagen.

– *Bruno, was tun wir?*
– *Wir tun ... das, was wir immer gesagt haben, daß wir es tun würden, mein Herz.*

In deiner Stimme wird weder Zorn noch Verstimmung noch Unruhe sein. Es wird keine Traurigkeit darin sein, noch nicht. Da wird nur ein Seufzer von jemandem sein, der ins Wasser springt.

Du wirst A. anrufen.

Sie wird tief betrübt sein, sich aber von diesem Gefühl nicht verunsichern lassen. Sie wird sich so verhalten, wie du es erwartest.

– *Am Freitag lassen wir die Frauen schon ab elf Uhr dreißig vormittags kommen. Um drei Uhr spätestens sind sie wieder fort. Willst du ihr sagen, daß sie um die Zeit kommen soll?*

– *Sehr gut, das ist lieb von Ihnen. Wird es nicht zu spät für die Assistentinnen?*

– *Nein, du weißt ja, daß wir bis mindestens fünf Uhr hier sind ...*

– *Es tut mir leid, daß ich Ihnen lästig werden muß ...*

Und sie wird ihr verschämtes Lachen lachen.

– *Soll das ein Witz sein? ... Du weißt, was du ihr sagen mußt, was sie mitbringen soll? Gut, ich hab es notiert. Also bis Freitag, Bruno.*

Bis Freitag wirst du nicht schreiben.

Du wirst deine Befürchtungen, deine Zerschlagenheit, deine Abgespanntheit, deine Gereiztheit gegenüber den anspruchsvollen Patienten nicht zu Papier bringen, all diese unbedeutenden Kleinigkeiten, die dich aufstöhnen und mit den Füßen schlurfen und abends mit schmerzendem Rücken heimkommen und dich nachts Tinte spucken lassen.

Bis Freitag wird dein Körper nur ein dumpf vegetierender Organismus sein, der auf fast mechanische Art die alltäglichen Verrichtungen erledigt.

Dein Denken ist beherrscht von dem Wirbel der zu ergreifenden Vorsichtsmaßnahmen, der zu ertragenden Blicke, der nicht zu beantwortenden Fragen. Du wirst versuchen, im Kopf jede Geste zu wiederholen, im voraus die Ordnung auch der winzigsten Einzelheiten festzulegen, wie etwa die Reihenfolge der Instrumente auf der blauen Unterlage, oder den Text, der während deiner Abwesenheit an der Tür deiner Arztpraxis kleben soll.

Es wird dir nicht gelingen, dir die richtigen Worte zurechtzulegen.

Am Freitag wirst du die schwarze Kordhose, den gelben Pullover und die Jacke anhaben. Der blitzende Füller wird am Kragen angeklammert sein. Deine Aktentasche wird auf dem Rücksitz des Wagens liegen.

Du wirst ohne Eile fahren.

Du wirst nichts sagen.

Der Torwächter in seinem Häuschen wird deinen Wagen von weitem erkennen, und die Schranke wird sich heben, ohne daß du bremsen müßtest.

Du wirst das Gebäude nicht umfahren, um es von hinten zu betreten. Du wirst vor dem Haupteingang parken. Oben an der Außentreppe wirst du nicht klingeln, und wenn du das leere Wartezimmer durchquerst, um in die Abteilung zu gehen, wirst du die Tür offenlassen.

Das Sekretariat wird leer sein.

Es wird kein Arztbrief zu überreichen sein, es wird keine soziale Beratung, kein vorbereitendes Gespräch geben. Es wird ein Nachmittag nach den Abtreibungen eines anderen sein. Nachdem die Frauen nach Hause gegangen sind. Nachdem die Assistentinnen den Boden gewischt und die Kästen aufgeräumt haben.

A. wird auf dem Gang sein, vor ihrem Büro.

Ihr Lächeln wird sanft sein.

– *Es tut mir leid, daß wir uns unter solchen Umständen wiedersehen …*

– *Mir auch, aber ich weiß ja, wie das ist ... Das kann vorkommen bei einer Spirale ...*

Es werden ein paar Sätze ausgetauscht werden, ein paar harmlose Sätze zwischen Frauen, die einander verstehen, ohne sich das deutlich sagen zu können.

A. wird sich an dich wenden.

– *Wir können, wenn du willst. Wenn Sie wollen ...*

– *Ich werde mich umziehen.*

Du wirst im Sprechzimmer verschwinden. Man wird das metallische Geräusch des Schrankes hören, den du öffnest, das dumpfe Geräusch der Aktentasche, die du auf den Wäschestapel wirfst.

Wenn du wieder erscheinst, wirst du die Jacke und den gelben Pullover ausgezogen haben; du wirst einen Kittel angezogen und die Ärmel aufgekrempelt haben, aber der blitzende Füller klemmt noch an deinem Hemd, liegt an deiner Haut.

Du wirst sagen *Kommen Sie.*

Es werden die Bewegungen sein, die du jeden Dienstag ausführst. Dasselbe Ritual, gegliedert durch die Bewegungen des Ausziehens hinter dem Vorhang, das zögernde Vorrücken auf den Untersuchungsstuhl zu, die ausgestreckten Hände, um beim Hinaufsteigen, Sichhinlegen, Sicheinrichten zu helfen.

Aber du wirst nicht zu erklären brauchen, wie das ablaufen wird, du wirst nicht zu sagen brauchen, daß es nicht lange dauern wird. Vielleicht wirst du ein bißchen genauer als sonst auf die Position der Schenkel in den Beinstützen achten, auf die der kleinen Rolle unter dem Nacken. Vielleicht wird deine Hand ein bißchen länger auf diesem Bauch liegen bleiben.

Alles wird sein wie an einem Dienstag, und nichts wird gleich sein.

Viel später wirst du versuchen, die Erinnerung an das wiederzufinden, was sich vor deinen Augen abgespielt hat, zwischen dem Bild von deiner Hand, wie sie einen Fingerling überstreift, und dem von der letzten Kompresse, die den letzten roten orangenen Tropfen von dem geliebten Organ abnimmt.

Du wirst dich nur mit Mühe und Not an wirre Gesprächsfetzen erinnern, an unvollständige Fragmente: die Farbe des Nachthemds; die Augen, die sich schließen, während die Sonde hin- und herfährt; die Hände von A., die eine bleiche Hand umschließen.

Du wirst sogar die Wirklichkeit dieser Bilder bezweifeln. Du wirst gar nicht ganz sicher sein, daß du sie nicht erfunden hast, um das unerträgliche Schweigen deines Gedächtnisses zu übertönen.

Du wirst dich nicht an bestimmte Worte erinnern. Du wirst das Gefühl haben, selbst kein einziges gesprochen zu haben.

Nichts von alledem wird dir wirklich erscheinen, nichts wird dir wahr erscheinen, weil nichts in deinem Körper eine Spur dieser Minuten festhalten wird. Du wirst das über deine geöffneten Schenkel gebeugte Gesicht nicht gesehen haben. Du wirst nicht gefühlt haben, wie das stählerne Ding deine Geschlechtsorgane durchwühlte. Du wirst dich nicht an das Geräusch des Geräts erinnern. Du wirst niemals wissen, was die Sonde da drinnen, ganz hinten, zerrissen hat im Rhythmus deiner Handbewegungen.

Am Freitag wird dein Körper einige Augenblicke lang von dieser Welt abwesend sein.

Und dann wird das Warten im Ruheraum kommen. Fern von den klirrenden Instrumenten, die gereinigt werden, der Auffangflasche, die gespült wird, dem Tuch, mit dem der Fußboden gewischt wird.

A. wird Anweisung gegeben haben, das Tablett nicht sofort zu bringen.

Niemand wird kommen, um einen Blick durch den durchsichtig gelassenen Streifen an den angemalten Scheiben der Aufnahme zu werfen.

Es wird weder Mutter noch Schwester noch Freundin am Bett sitzen.

Endlich wird dein Schritt im Gang hallen. Du wirst geräuschlos eintreten, du wirst die Tür sehr behutsam schließen. Du wirst den Kittel ausgezogen und den gelben Pullover wieder angezogen haben. Der blitzende Füller wird an deinem Hemd angeklammert sein, an deiner Haut liegen. Du wirst wieder du sein, Bruno Sachs.

Du wirst nähertreten, und deine Hände werden leer sein. Du wirst dich auf den Stuhl neben dem Bett setzen, du wirst dich zu mir beugen, deine Hände werden sich um meine Hände auf meinem Bauch legen, und weil ich endlich meine Tränen werde fließen lassen können, wirst du nichts sagen.

32,-